JN022448

看板ボーイズ
菊地百恵
+ モノガタリラボ
P
空

看板ボーイズ

CONTENTS

プロローグ『看板建築と記憶の扉』

いつになっても色褪せない記憶がある。

あの頃から二十年くらい経つのに、どんなときに引っ張り出しても、鮮やかに浮かび上がってくる記憶。

コーヒーの匂い、畳のつるっとした質感、じーちゃんが作ってくれたクリームソーダ。

透明がかったやけに元気な緑色のソーダには、丸々としたアイスクリームがのっていた。

夏の暑い日、まだ小さかった俺は、カラフルなプールに浮かんでいるようなそのアイスクリームになりたいとか、思っていたんだっけ。

そして、家の中にはいつも、お客さんが談笑する声が聞こえてきた。

居間のすぐ隣が、喫茶店だったから。

来ようと思えば、お客さんは隣の部屋である居間に入ってくることができたし、実際に
じーちゃんが店にいないときには、

「おーい、お客さん来たぞー」

って、店の常連さんがやってきて声をかけてくれた。

俺はクリームソーダを手に、戸を開けてすぐ、ストライプの暖簾の間から店の様子を覗くのが好きだった。居間から別世界が覗ける気がして。

カウンター席が六つほど並んでいて、奥にはソファ席。

俺が覗いていると、子どもの姿が目に入ったお客さんはこっちに向かって笑いかけてくれたりして、それに気づいたじーちゃんが、カウンターから振り返った。

「こっちおいで」

俺は両手でクリームソーダを持ったまま、じーちゃんの横に行く。

じーちゃんは、注文が入ったときにはコーヒーを淹れたり、お客さんの席で一緒に話したりもしてたけど、そうじゃないときはカウンターの中で新聞や本を読んだり、カメラをいじったり、好きに過ごしていた。それは働いているという感じとも違って、自由でかっこよく映った。

家の中に他人が出入りする店があるのは、今となっては不思議な気もするが、幼い俺にはそれがなんだか温かく感じられて、そしてそこで珈琲を淹れているじーちゃんが好きだった。

変わっているのは家の中だけじゃなく、店の外もなんだと気づいたのは、だいぶ後、じーちゃんが店を閉めてからだった。

店と家が一体になった構造は店の正面に象徴されていて、一言で表現するなら、普通の民家の正面に、それより大きな看板を仮面のようにくっつけたというところだろうか。

建てられたのは百年近く前だが、正面の看板部分はタイルや銅板、モルタルを使って趣向を凝らしたデザインが施され、やけに雰囲気のある建物の造りなのにもかかわらず、横から見ると、すぐに当時の木造の住居が現れる。その違和感こそがこの家の魅力なのだった。

こういう建物が、『看板建築』と呼ばれて少しずつ広まっていったのを、じーちゃんは知っていたのかいなかったのか。

「おもしろいだろう、じーちゃんが子どもの頃にはこのあたりにもいっぱいあったんだけどな。この店も閉めたし、どんどんなくなっていくんだろうな」

そう言う顔はどこか寂しそうだった。

あれからさらに時が経ち、当時の建物は次々に姿を消している。それはしょうがないことだけど、できることなら残しておくべき価値もあると思うんだ。

1

『居候とシェアハウス』

【sign】
符号,記号,標識,
兆候,徴候,看板

「じーちゃん、今日から俺がここに住むよ」

神保町の靖国通りから、すずらん通りを抜け小道に入った一角。

『小さなお引越し』と書かれたトラックが去っていくのを見送ると、誠（まこと）は安堵と達成感の入り混じった表情で、我が家に向き直った。

この家は、見た目がちょっと変わっている。

祖父はよく、「正面からの顔と横顔が別人みたいだ」と表現していた。

確かに、その通りだと思う。

三階建ての正面は、一階部分はモルタル塗り、二、三階がタイル張りで、『相良（さがら）珈琲店』と年季を感じる看板は営業していた当時のままになっている。

初めて前を通った人は、ここをすでに閉店した喫茶店だと思うだろう。

だが横から見ると、誰もそうは思わない。ごく普通の住居の顔つきをしていた。

誠は、ここを斜めから眺めるのが子どもの頃から好きだった。

二つの表情を、同時に見ることができるから。

家の前に立ち、深呼吸すると、久しぶりにこの街の空気が自分の中に流れ込んでくるのを感じた。

ここは古本の街として知られている。

街にはそれぞれその場所の匂い、というものがあるけれど、何十年、百年以上昔の本も

SAGARA
相良珈琲店

たくさん並ぶこのあたりは、もしかしたらその頃と同じ匂いを含んでいるのかもしれない。

目を閉じて鼻から息を吸い込むと、どこか、その当時の空気を今でも湛(たた)えている気がして、ここは五十年前かもしれないし、昭和初期、もしくは明治時代かもしれない、なんて想像したりする。


「あんた、戻ってきたのかい？」

さあ引越しの荷解きを始めようと、誠が長袖のチェックのシャツを肘あたりまで何回か折り返したところで、声をかけられた。

振り返ると、花柄のワンピースを重ね着した小柄なおばあちゃんが目を丸くして近づいてくる。

戻ってきた？　どういう意味だろう？

誠は、彼女の問いにどう答えたらいいのか、しばらく思いを巡らせた。

確かにここには何度か来たことがある。いや、何度か、というよりはずっと多いと言えるだろう。中学に入った頃からは、部活や塾でなかなか時間が取れずに足が遠のいてしまったが、子どもの頃は長い休みの間には必ず一度は来ていたのだ。

とはいえ、誠は性格上できるだけ正確に答えようとした。

「いえ、戻ってきたといっても僕はここに住んでいたことはないので。あ、もちろん夏休みなどに数日間、遊びにきていたことはありますが」

言葉を選びながらそう返したが、おばあさんはまったく聞いていない様子で上から下までジロリと見つめ、しばらくするとふぅーっと小さく息を吐き言った。

「びっくりした、ハジメさんかと思ったよ」

ハジメというのは、祖父の名前だ。昭和初期生まれの戦争経験者で、一年ほど前その九十年余りの人生を閉じた。つまり戻ってきたというのは死後の世界から、ということになり、令和の若者であるはずの誠がそれほどまでに似ている、というのはちょっとどうかと思うのだが、当の本人は意に介さず、むしろ、「悪い気はしないな」と思っているのだった。

それは、誠が祖父のことをかっこいいと思っていたせいもあるし、何より古いもの、歴史あるものが誠は好きだった。

最近はレトロ愛、なんて呼ばれる若い世代で昔のものを好む人も多いようだけれど、そういうのともちょっと違う。

誠の外見がそれを物語っていた。

大学時代にはキャンパスを歩く誠はすぐに見つけられた。一人だけ、昭和の映画の中の登場人物のようだったから。

チェックのシャツをチノパンにインし、足元はスニーカーでリュックを背負っている。シャツの袖をまくっているが、きっちりと折られたそれはファッションというよりも機能性のために、足元をロールアップする場合も同じだった。

なんか、垢抜けない。

誠がすると、腕まくり、というイメージだ。

視力が良くないので高校ではずっと銀縁の丸いものをかけていて、みんな安定のその顔を認知していたのだが、大学で黒縁のデザインに替わり周囲は騒然とした。

「何があった？」

会う人会う人に聞かれ不思議に思ったのは誠の方で、それがお店の人の強い勧めによるものだと聞くと、皆ホッとしたようだった。

髪型もそうだ。常に短髪で今までカラーリングをしたことも、スタイリング剤を使ったこともない。

高校の文化祭では、準備中クラスみんなで誠にコスプレさせたりウィッグをつけたりして今っぽい姿にさせることに、一番盛り上がったほどだ。


おばあさんは、死者が戻ってきたわけではないとわかると、

「じゃあ、あんたは歩(あゆむ)くん？　にしては地味だけど……」

もう一度、誠を見つめた。

するると、誠の表情は一転して曇り、

「創(はじめ)の孫です。今日からここに住むことになりました」

と頭を下げた。


誠は家の中に戻るとしばらくの間、立ったまま脳内で作業の流れを組み立てて、まずは居間のスペースに積んである段ボールから片付けることにした。

床は畳で、十畳ほどのスペースに、どっしりとしたローテーブルとソファが置いてある。それとは別に、いくつかアンティークの椅子が置いてあり、誠はよく知らないのだが、これは結構価値の高いものらしく、インテリアが好きな母がよく言っていた。

「あれ、素敵よねえ。おじいちゃん、センスいいよねえ」

玄関と、裏口のドアを開けたことで、吹き込んできた春の風が部屋の中の空気をかき混ぜ、祖父がいた頃の匂いがふわりと舞い上がった。

香りは実在よりも長く、存在を残す。

去年、祖父が亡くなってから一年ほど、ここには誰も住んでいなかった。

譲り受けた息子は、この家をどう処分しようか考えている間に自らも事故に遭い帰らぬ人となり、そのまた一人息子である誠に突然その役が回ってきたのだ。

神奈川県に住んでいた誠は、都内の大学を卒業後、東京の西の方にある街の市役所に勤めてもうすぐ三年目を迎えるところだった。

ここに住めば、通勤時間は長くなるもののラッシュとは反対方向だし、朝も座って出勤できる。

祖父との記憶が残るこの場所で生活することを想像すると、胸が高鳴った。

「あの家に住もう」

決断するまでにそう時間はかからなかった。

一つずつ、段ボールの封をしたガムテープを剝がし、開いては荷物を取り出す。

それにしても、誰も住んでなかったとはいえ、その期間がさほど長くなかったからか、主人の不在をあまり感じない部屋だ。

光が差し込んでも、畳の床に埃が目立つこともなく、棚やテーブルも綺麗に片付けられていた。

もしかしたら母が掃除にでも来ていたのだろうか、そう思いかけて誠は、すぐにそんなわけないか、と首を振った。

もう一人のこの家の相続人である母は、誠がここに住むことに大反対だったのだから。

と、携帯電話の着信メロディが部屋に鳴り響き、誠は二つ折りのそれをパカッと開いて電話に出た。

「もしもし」

タイミングよく、かけてきたのは、その母親だった。

『もしもし』じゃないわよ。何やってんの、私のいない間に引越して」

「そうじゃないと、出れないからね」

母の目を盗んで荷造りをし、自分は休みで母が外出するとわかっている時間を狙い、引越しを決めて出てきたのだ。

仕事で、夕方過ぎまでまず帰ってくることはないとわかっていても、ヒヤヒヤした。実家から荷物を運び出すときには、一刻も早くここを出ようと、誠は業者のスタッフ以上にテキパキと家の中とトラックを行ったり来たりしたのだった。

幸い荷物もさほどなかった。

服やパジャマ、下着などの衣類。特別何かがない限り通勤にもきっちりスーツを着るわけではないので、服の数がそんなに多くない誠は、荷造りのときにも、クローゼットと引き出しから各アイテム数枚ずつ、大きめの段ボールにポンポンと入れただけでそう時間はかからなかった。

食器や調理器具などは祖父が使っていたものが残っているのは知っていたし、洗面に使う細々した日用品、タオル類は先週の休みにこっそり買いに行って先に持ってきていた。

あとは本や雑貨類だったが、これも必要最小限をいくつかの段ボールにまとめた。

神奈川の実家から神保町まで、本来なら引越しすら自分でやればいいのだが、誠は運転免許を持っていなかった。それで直前でも空きさえあれば対応してくれる、単身引越しの業者に問い合わせ、今日やってきたのだった。

「その家は売ろうって決めたじゃない」

「だからそれまでの間。まあ、売らなくて済むならその方がいいけど」

電話越しに、母の盛大なため息が聞こえてくる。

「だってさ誠、お金、どれだけかかると思ってるの」

それを言われると誠は返す言葉がなく、この部屋ごと、一人沈んでいくような気持ちになった。

代々住んでいた場所を、受け継ぐだけのことがこんなに難しいとは。

「本当に生きづらい世の中だ」「世知辛いよ」

「親が残してくれた土地を譲り受けるのに、なんで何千万も払わないといけないんだ」

日頃市役所に勤めていて、何かとそんな愚痴を聞くこともある誠だが、今回の突然降って湧いた相続問題に、初めてこういうことかと実感していた。

相続税だけではなく、毎年の維持費だってかなりの額だ。

「わかってるよ」

この家にやってきて舞い上がり、少しの間現実を忘れていた誠だが、母の言葉に引き戻され、思わず同調しそうになるところで、

「すいませーん」

店側の玄関からやけに軽い男の声がして、その空気を断ち切ってくれた。

「誰か来た。じゃ」

そう言って、二つ折りのガラケーを耳から離した。

母が「ちょっと待って、誰かって誰が来るのよ。あとで連絡しなさいよ」と言っているのが聞こえてきたが、答えずに受話器が横になったマークを押して、店の方へと向かった。


片付けをしていた居間を出て、二段の段差を降り、サンダルを履く。

そこは昔、祖父の喫茶店の客席だった場所だ。

もっとも、今はカウンターと、残してあるいくつかのソファ、ローテーブルくらいしかないけれど、誠が荷物を運び込むのに使ったまま、鍵を掛けていなかったのだ。

「なんだ、開いてんじゃん！」

若い男が一人、興奮した様子で中を見回していた。

「スゲースゲー、ここだよ」

誠がやってきたのに気がつくと、男は「ん？」と誠を二度見した。

小さく「昭和？」と呟いたのは誠に聞こえなかったので、

「なんだ？」と、誠はその珍しいものでも見る視線をなんとなく不可解に思ったのだった。

男は、歳が二十代前半から半ばといったところか、誠とそう変わらなそうに見えるものの、見た目は正反対だ。

圧倒的に今っぽかった。

ブリーチした銀髪にサングラス、Tシャツもパンツもダボッとしてサンダルを履いている。

だが、サンダルといっても、誠が履いているつっかけと呼んだ方がいいようなものと、男のゴツめのスポーツサンダルでは、まったく違う足元だった。

誠が一歩、男も一歩、お互いに近づいた。

誠がクイッと右手の中指で眼鏡を上げると、男はサングラスを外してニコッと笑った。

「あのさ、」

誠が言いかけると男は手を挙げてそれを制し、

「あ、北村匠海じゃないから。よく似てるって間違えられんだけど」

「は?」

日頃テレビは見ず、芸能人や流行りもよくわからない誠には、その名前がどういう類の人物を指すのかさえわからなかったが、男は祖父の店であった空間をまるで美術館にでも来たようにじっくりと鑑賞したかと思うと、突然、笑顔で向き直った。

「クリームソーダ、ちょうだい」

「はい?」

「ハハ、言ってみただけ」

男はカラカラと笑う。

「喫茶店だったよな、ここ」

「そうだけど、なんで」

「来たことあったんだよ。昔。懐かしー」

カウンターに乗せた手を左右にスライドさせたり、腕立て伏せをするように身を乗せたりしながら話を続ける。

「ここの外観、ヤバいよね。いつ頃建ったの？」

聞いたわりには答えを求めていないのか、誠が返答する前に話を続ける。

「ていうか、その後も何度か来たのよ。でもずっと閉まってたからさ」

「ああ、店はもう閉まって十年にはなるんで」

「まじか。あれ、子どもんときだったもんな。そっかー」

祖父がまだ店を営業しているときに、来てくれたことがあったんだろう。

その後も閉店したここを訪ねてきてくれたのはありがたい。

きっとそうやって、せっかく来てくれたのに閉まったドアの前で残念な思いをしたお客さんが他にもいるんだろうな。

そう思うと申し訳ない気持ちにはなったが、今日のうちに荷解きを終えてしまいたい。

日曜の明日は、この街をぶらぶらして散策したかった。

「ごめん、そういうことなんで」

そう言ってドアを開けると、男を店の外へと促した。

「もしかして、また店やるとか？」

「え？」

「わかった、レトロ喫茶！　で、そのカッコか」

なんだ？　レトロ喫茶って。そう聞こうかとも思ったが、

「だから開けてんじゃないの？　いつオープン？　絶対来るわ、店のＳＮＳとかある？」

今風の軽そうな男に、立て続けに問われて誠は面倒になった。

「ここは俺の家。今日引越しで今、忙しいから」

押し出すように外へ出てもらうと、ドアを閉めた。


居間に運んだ段ボールを片付け終えると、誠は二階に上がった。

時計を見ると、もう夕方五時を過ぎていた。

思ったより時間がかかった。腹もかなり空いてきている。

一階は、店部分と居間、台所、トイレと風呂があり、二階には寝室ともう二部屋あって、部屋を仕切る襖を取るとかなり広めのひと続きの部屋になる。

正面から見るよりも、かなり奥行きのある設計で、昔の長屋作りの名残らしい。

祖父が晩年、台所や風呂、トイレの水回りは大々的にリフォームしていたようだ。

記憶を辿れば、誠が子どもの頃に使っていたトイレも風呂も、結構年季が入っていた気がするが、今はトイレはウォシュレット、風呂もユニットバスで、そこだけだと新築のマンションと変わりない。すっかり最新のものになっている。

住むのにはなんの支障もない、むしろ住みやすい家だった。

店の正面は、二階の窓も装飾で開かなかったりするが、反対側、奥にはバルコニーがあり、洗濯物も干せる。

誠が干してある布団を取りこもうとバルコニーに出たときだった。

「おーい！　誠！　ちょっと開けて！」

「誠ちゃーん！」

自分の名前が呼ばれても、すぐにはピンとこなかった。

ここに自分のことを知ってる人がいるんだっけ。

布団をよけて下を見ると、誠を祖父と見間違えた花柄ワンピースのおばあさんと、さっきの男が下で手を上げていた。

知り合い同士なのか、肩を寄せ合ってニコニコしている。

「ちょっ、なんだあれ」

布団を部屋の中に放り投げると、誠は階段を駆け下りた。

店に残っているテーブルの上に、自動販売機で買ってきたペットボトルのお茶とボトルタイプの缶コーヒーを置いた。

その両脇にあるソファには近所のおばあさんと、やたら人懐っこいさっきの男がニコニコ笑って座っている。

誠の名前を知っていたのはおばあさんで、さっき話した後に思い出したらしい。

「誠ちゃん、前に会ったときは、こーんなにちっさかったのにねえ」

と、ずいぶん低いところに手をかざしてそう言った。

おばあさんと男は知り合いだったわけではないようだ。にしてはなんなんださっきの親しさは。

男の名前はワタルというらしい。自己紹介が本当なら、だが。

「ルームシェアしない？」

缶コーヒーを飲みながら、「提案なんだけど」と前置きしてワタルは言った。

友達同士がちょっと飯でも食わない？とでも言うようなノリで。

だが自分たちはさっき初めて会ったばかりの他人だ。あまりに軽すぎる。

「ルームシェア？」

「そうそう、ハルちゃんに聞いたんだけどさ、ここ部屋いっぱいあるらしいじゃん。もったいないでしょ、一人で住むの」

「もったいない?」

「オレちょうどこの辺に引越したいなーって思っててさ。こういうのってタイミングだよね。出会い? 運命とか信じる方じゃないけど、こういうことなのかもって思うよね」

黙っていると、いつまででも話し続けそうだ。これが用件なら早く出て行ってもらおう。空腹もあり、苛立ち始めていた誠は言った。

「嫌だ」

短い一言は、こういうタイプには効くようだ。

もしかしたら、誠がバッサリそう断ることを予想していなかったのかもしれない。

「え、」

「一人で住むから。悪い」

ワタルは、さっきまでの調子の良さが嘘のように、何も答えず、どよんと放心状態で一点を見つめている。

誠はいつか何かで読んだ天使の話を思い出した。槍は持っているが、盾はない。打たれ弱いのだと書いてあった。

まあだからと言って、目の前の男が天使だというわけではないが。

「ごめん、鍵閉めるから」

申し訳ないが帰ってもらおう。

初日から思わぬアクシデントはあったが、これくらいで済んでよかった。

残りをちゃっちゃと片付け夕飯を食べて、明日は散策に出かけよう。

誠は、頭の中で今日これからの計画を練り直していた。

「頼む！　行くとこないんだわ。実は」

男はシルバーの頭を、深々と下げた。

「はい？」

「オレ、今もルームシェアしててさ、三人で。だけどオレ以外の二人が付き合い出しちゃったんだよね。いやあるあるでしょ、なんかいい感じだな〜とは思ってたんだけどさ、早かったよね、そこからの展開が」

「はあ」

「追い出されちゃった」

缶コーヒーを両手で包みながら可愛らしくそう言うワタルに、誠はほんの一瞬、同情した。

「いや、そんなの、関係ないよ。あんたにもちゃんと住む権利があるんだから。もし引越すにしても次の家見つけるまで堂々と住んでればいいよ。家賃だって平等に払ってるんだから」

目の前の男の置かれた境遇に、思わぬ正義感で、誠は熱くなってしまった。

だが、当の本人は、その言葉に同調することもなく静かに缶コーヒーを飲んでいる。

なんか変だ。まさか……。誠は嫌な予感がした。

「払ってるよね？」

「うん？」

「違うの？」

「いや、タダで住んでいいって言ったからさ」

ワタルは肩をすくめた。

誠は何か言おうとしたが、言葉が出てこなかった。一瞬でも同情した自分が情けない。

何がルームシェア、だ。要するに転がり込んでいるだけじゃないか。で、今度は見ず知らずの誠の家に住もうなんて、呆れてものも言えない。

誠がドアを開け、ワタルの手を引こうとした、そのときだった。

「泊めてやりなさいよ」

声量はないが、やたら抑揚があり、重みのある口調だった。

間に座ってやりとりを聞いていたおばあさん、ハルちゃんと言うらしい――が腕組みして言った。

「困ってるじゃないか」

「いや、でも」

「ハジメさんなら、泊めてやってるね」

「くっ……」

それは誠にとって、いわば水戸黄門の印籠のようで、目の前に出されると何も言えなくなった。

確かに、こういうとき祖父なら手を差し伸べるかもしれない。

だが、格好にしても言うことにしてもワタルは軽すぎて、信用しきれないのだった。

だいたい、さっき突然家にやってきてほんの少し話しただけで、まだ何をしている人間かもわからない。

そんな男を泊めてやれと言われても、「ああそうですか、どうぞ」とはならないのが普通だろう。

だけど……誠はカウンターの向こうを見た。店の営業中、祖父がよく座っていた場所だ。

「困っている人がいたら助けるもんだ」

よくそう言っていたのを思い出す。ここに住む限り、その言葉は守らなくてはいけない気がした。

「今夜だけだから」

「まじ⁉　いいの？」

ワタルはもともと上がっている口角をさらに上げてニカッと笑った。

ぴょんと立ち上がると、誠の肩に両腕を回し、まるで子どもがするようにじゃれてくる。

「やめろよ」

いきなりの馴れ馴れしさに、誠が焦って引き離そうとしたときだった。

キュルルルル、ぐうううと二つの音がした。

誠とワタルの腹が、同じタイミングで鳴った。


微妙な距離を開けながら、すずらん通りを誠とワタルが歩いていく。

それも無理はない。二人は先ほど出会ったばかりなのだ。

「なに食おっか。オレの奢りだから誠好きなもん言えよ」

だが、そんなことはまったく感じさせない、ずっと以前からの友人であるかのように、ワタルが斜め先に見える、ラーメン屋に近づきながら言った。

「オレの奢りって、ハルちゃんさんのお金じゃないか」誠は思ったが口にはしなかった。

さっき、二人の腹が同時に鳴るのを聞いたハルちゃんが、楽しそうに、

「これで引越しそばでも食べておいで」

と一万円札をくれたのだった。

「イヤイヤ、いいです」

「ありがと、ハルちゃん！」

誠が返そうとした札を、ワタルがスッと引き抜いて、ハルちゃんと二人並んで出ていった。

「もし余ったら、誠ちゃんに宿代として渡しなさい」

ハルちゃんはそう言っていたが、ふらふらといろんな店を覗いては、また道の真ん中に戻ってくるワタルの姿を見ていると、きっとお釣りがあってもあのダボダボのパンツのポケットに入ったままだな、と誠は思った。

「なにがいーかな～、でもまあ、ハルちゃんの言う通りソバにしとく？」

ワタルが軽い調子でそう言った瞬間、誠がピクッと静かに反応した。ババ抜きの大詰めで、控えめに並べていたジョーカーの上に指を置かれたときのように。

「……」

誠が何か言ったようだが、横を歩くワタルにも聞き取れないほど小さな声だった。

「え、なんて？」

「蕎麦は食べられない……」

誠は苦々しそうにそう言った。

「は？　食えねーって？」

「アレルギーだから」

「ええーっ、あ、そう」

ワタルはあららというように、誠を見る。

「なんだ、好きそうなのにね」

「しょうがないだろ、アレルギーなんだ」

痛いところを突いてきた、と誠は思った。

歴史あるものが好きな誠にとって、大人の嗜みのように思っている蕎麦が食べられないのは、ちょっとしたコンプレックスだった。

毎年大晦日に、母は年越しそばを作るのだが、必ず一人分うどんを茹でてくれた。

丼に入った真っ白いうどんを啜りながら、密かな不甲斐なさを感じたりしたものだ。

もちろん、自分になんの非もないとわかっていても。

ふーん、そうか、と考えてワタルが言った。

「じゃ、カレーは？　この辺旨い店多いじゃん」

「いや、せめて麺にしたい」

「ん？　せめて、ってどういうイミ？　あ、ソバに近いものをってこと？　ま、いいや」

ワタルは、横でどことなく肩を落としているように見える誠を一瞥すると、少し考えて言った。

「麺か……じゃ中華にしない？」

「まあ。いいよ」

了承したような形の返事をしたが、実は誠もそう思っていた。


ガシャンガシャンと軽快なリズムで鍋を振る音が響いている。

ニンニク、ネギ、生姜、肉と油のなんとも言えない香りにますます腹が減ってくる。

中華で一致した二人は、白山（はくさん）通りに昔からある中華料理店にやってきた。

誠も小さい頃よく、祖父に連れてきてもらった店だ。

誠の前にはタンメン、ワタルの注文した餃子定食も運ばれてきた。

「ハルちゃんてさ、なんでハルちゃんか知ってる？」

「さあ、名前じゃないの？」

ワタルがテンポよく餃子にタレをつけ、口に入れては話しかける。

誠は野菜たっぷりのタンメンを、まずはスープを一口飲むと次に野菜から、食べ始めた。

「いつもいろんな花柄のワンピ着てんだって。だからハルちゃん」

「それ言うならハナちゃん、じゃない？」

「あ！　誠も思った？　普通そうなるじゃん？　だけど、飼ってた犬の名前と同じだったらしいの。だからハルになったんだって」

「ふーん」

いつの間にそんなことを話したのか、ハルちゃんの愛称の由来なんてどうでもいいとは言わないが、ワタルはすぐに誰とでも親しくなるようだ。

気づけば誠も名前で呼ばれていたし、端正な顔立ちに、人懐こさまであって、こういう奴を「人たらし」なんて呼ぶのかもしれない。

「誠ってさ、仕事なにしてんの？」

「公務員だけど」

「公務員？」

「市役所に勤めてる」

「ふは、それっぽい。レトロ喫茶じゃないんだ」

「それ、さっきも言ってたよな。なにレトロ喫茶って」

タンメンの野菜をほとんど食べきった誠は、その勢いのままズズッと麺を啜った。

「ん？　いい、いい」

ワタルはそう言うと、箸を止めずにパクッと餃子を一つ、口に放り込んだ。

誠は、昔から少しでも疑問があると、解決しようとしたり原因を追求したりするタイプだった。クイズのヒントだけもらった状態にもやっとはしたが、今はそれより空腹を満たす方が先だ。

ちょうどチャーハンがきた。

二人それぞれ一品ずつ頼み、これは半分ずつ食べようと頼んだのだった。

まあいいか。と続けて麺を口に運ぶ。

「ところでさ、そっちの分の布団干してないけど」

言いながら、誠は眼鏡を外してテーブルに置いた。タンメンの湯気で曇ってきたのだ。

「ああ、車に寝袋あるから。帰りにとってく」

「わかった」

チャーハンをレンゲで口に運びながら、ワタルがふと顔を上げた。

眼鏡を取った誠と目が合うと、すぐに目を逸らした後、思わず二度見する。

昭和の学生のような頓着のない短めの黒髪と、ある種コスプレと言えそうなファッションのせいで気がつかなかったが、よく見ると誠は、かなり整った顔立ちをしていた。

ちょうどよい分量と形に生え揃った眉は、おそらく手入れせずともなのだろうし、左右対称で幅のある二重の目は、角度によっては可愛いくも、美しくも見える。主張しすぎるわけではないが、鼻も品よく高い。

容姿に関しては劣等感を抱くことなく生きてきたワタルだったが、意外性もあって思わず見入ってしまうほどだった。

しばらくの間、見つめていたのかもしれない。

丼の麺に集中していた誠が、箸に絡めたタンメン越しにワタルの視線に気づいた。眼鏡を外しているせいもあるのか、眉間にしわを寄せ、顔を近づける。

「うん？　何？」

「ん？　いや、別に……」

柄にもなく動揺したワタルは、またチャーハンを食べ出した。

「なんだよ？」

またしても途中でやめられて、誠はモヤモヤが大きくなったが、ふと見るとワタルが猛烈な勢いでチャーハンを食べ続けている。このままではあっという間に全部平らげてしまいそうだ。

「待って。先に半分取る」

誠は、新しいレンゲで綺麗に半分、自分のエリアを小皿に移した。


腹を満たした二人は店を出ると、誠がすずらん通り沿いのコンビニで待っている間に、ワタルが車から寝袋を取ってくることになった。

すぐ戻ると言うわりにはなかなか戻ってこないので、誠はこんなことなら先に帰っておけばよかったと思ったが、約束した手前、やってくるのを待つしかない。

それにしても遅いので、連絡先を聞いておくべきだったと後悔した瞬間、ワタルが入店を知らせるチャイムとともに自動ドアから入ってきた。

文句の一つも言ってやりたい気分だったが、寝袋を抱えて、「誠！」と笑顔で呼びかけられると、何も言えずに一緒に家へと向かったのだった。


二人で店の玄関から入り、誠がワタルを案内しながら階段を上がって、二階に出る。

「うわ、スゲー、中ってこうなってんだ」

ワタルは、手すりや壁に触れながら、誠の後に続いた。

「思ったより奥行きあるんだな、うっわ、吹き抜けヤバ」

誠は、後ろから一つひとつに感嘆の声をあげていく男を案内しながら、ほんの少し優越感のようなものを覚えた。

確かに、この家は中もちょっとからくり屋敷のような雰囲気があり、子どもの頃は来るたびに自分が忍者にでもなったような気分になって密かに興奮したものだ。年の近い兄弟や従兄弟でもいれば、そんなごっこ遊びをしたかもしれない。大人であっても初めて見ると、なかなかおもしろいものなのだろう。

「この奥は俺の部屋だから。ここで寝て」

自分が使う部屋とは別に、開けっ放して二間分になっている空間を、襖を閉め区切った。

「スゲーな、てかめちゃめちゃキレーじゃん」

ワタルは興奮覚めやらぬ様子で、キョロキョロと室内を見回しては、繰り返し褒めた。だが、それは決して泊めてもらうからというお世辞のようなものではなく、本当に興奮しているのが伝わってくる。もっとも、お世辞など目の前の自由気ままを体現したような男は、そもそも言いそうにないが。

「もしかして、昔のものが好きなの？」

「いや、嫌い」

ワタルの騒ぎぶりを見てそう聞いてみたのだが、あまりにもあっさり返ってきた否定に誠は拍子抜けする。

もしそうなら、それでこの家に住ませてくれと言ってきたのなら、あんなに雑に断ったことを申し訳ないとまで思っていたのに、盛大な肩透かしを食らった気分になって、誠は「なんだよ、嫌いって」と呟いた。

「だって古いものってなんか苦手でさ。新しい方がいいじゃんなんでも。家もそうなんだけど、ここはフツーにキレーだし、なんてゆーか、ただ古いっていうのとは、ちょっと違うからさ」

築年数よりはかなり綺麗な状態なのは、祖父たちが丁寧に使ってきたせいもあるし、先を見越してリフォームしていたせいだろう。

ワタルは、部屋の奥に進むと、階段や、一つひとつデザインを変えた欄間、置いてある年代物の棚など細部まで、珍しそうに見て回っている。

その様子は、昔の子どもの頃の自分と重なり、どこか懐かしかった。

「なあ、スウェットとかない？　着替え。なんでもいいから」

ひとしきり部屋を見て落ち着いたワタルに頼まれると、誠は自分の部屋に行き、押入れに収納した衣装ケースを開けた。

数枚ずつしか持ってきていない部屋着の上下をそれぞれ取り出す。

部屋着はほとんど黒だった。

誠は、なぜかまったくといっていいほど服に頓着がなかった。

普段着ているのは、実は祖父のコーディネートの一つのパターンを真似したもので、似たようなアイテムを同じ組み合わせで着るだけだ。

他には、困ったときの黒頼み、というバージョンもある。

中二か中三の頃、それまでも母親が買ってきてくれるものなどを着ていたのが、宿泊学習か何かのために、仲のいいメンバーで服を買いに行く流れになった。

まったく興味のない誠は、何を選んでいいかわからずに、店内を一人ウロウロしていたのだが、それを見た「センスいい」といつもみんなに褒められていた友達が教えてくれた。

「誠、わかんなかったら黒着とけばとりあえず間違いないから」

以来、誠は好きな色を『黒』とし、困ったときには『黒』に頼り、結果的に宿泊学習の風呂上がりの姿から、皆に『影』と呼ばれてしまうことになったのだった。

ただ、誠は不思議と皆の注目を集めることはあっても、バカにされたりいじめの対象になったりしたことは一度もない。

環境がそうだったといえばそれまでだが、どこか飄々(ひょうひょう)としていて、自分から積極的に話す方ではないにしても、話しかけられれば応じるし、仲良くなればよく笑う。

自分では意識していないのだが、利他的なところがあり、むしろ周りに可愛がられるタイプだった。

まあ、若干おもちゃ代わりに遊ばれていることはあったが。


「これ、」

誠が部屋着を持って、押入れに向かってしゃがんでいるワタルの背中に声をかけた。

少し待ったがこちらを向く気配がないので、

「おい、部屋着これ使って……」

誠が、渡してやろうとして近づくと、上からワタルが見ているものが目に入る。

手書きのイラストが描かれたノートだ。

その瞬間、ドクンと強く、誠の心臓が打った。

見覚えのある、というより見慣れた絵のタッチだった。

「それ、見てるのなに……」

やっとのことで、どうにかそう発すると、ワタルが見上げるように振り返った。

「ああ、悪い……これ、押入れにあったんだけど」

「見せて」

ワタルから受け取ったノートの表紙を見て、さらに鼓動が早まる。

そのメーカーのノートが置いてある文房具屋は少ないのだが、これを好きで使っていた男を、誠は一人知っていた。

ノートを開く。

無地のノートには、建物のイラストがページ一面に描かれていて、それが実在する建築を見て描いたものだとわかったのは、一緒に住所が書いてあったから。

大きく建物全体を描いたものと、その周囲に、細くデザインや特徴のメモが記されていた。

「なんだこれ？　古い店、家？」

「父親の絵だ……」

思わず、口から出てしまった。

誠の父はイラストレーターだった。が、そのことは言わなかった。

「捨て忘れたやつだから、捨てとく」

まだ見たそうにしているワタルを置いて、誠は部屋へと戻った。


久しぶりにこの部屋の天井を見上げながら、誠はなかなか寝付けなかった。

緊張しながら新居へ引越し、なぜか初対面の男を泊めることになり……原因はいくらでも考えられたが、何より、さっき見つけたノートのことが頭から離れなかった。

「やっぱり、あの人しかいないよな」ゴロンと寝返りを打ちながら思う。

もしかしたら、他の誰かが描いたものかもしれないとも考えたが、あの絵のタッチ、メモの筆跡、間違いなく父だ。

でも、なんで建物のイラストなんか……。

いや、それ自体はなんらおかしくはない。イラストレーターだった父が、何を描いていても疑問に思うことではないだろう。雑誌の挿絵から絵本、本の装画、広告に至るまで彼の仕事は幅広かった。

気になったのは、描かれている建物がこの家と同じ『看板建築』と呼ばれるものばかりをまとめているように思えたからだ。パラパラと見ただけだが、それが仕事で描いたものではないだろうことは、不思議とわかった。

そこが引っかかった。父は、誠とは違い新しいものが好きで、当然、この家のことも好きではなかった。

祖父の店を継ぐことはもちろん考えていなかったし、それどころか祖父にここを手放すことを勧めていたのだ。

誠は、ちょうどこの部屋で見た、父と祖父が話し合う様子を思い出した。

十年以上前、祖父が店を閉めようか迷っていた頃のことだ。

「体力が続く限りは、続けたいんだがなあ」

と言う祖父に、父が放った言葉が、鉛のように誠の記憶に居座っている。

「体のこと考えろよ。突然どうにかなって困んのこっちなんだからさ」

もともと父が家を出たのも、古いこの家が嫌いだったからだ。

「早いとこ売った方がいいって」

最後は、現実の記憶なのか、夢の中なのか、わからないまま誠は眠っていた。


朝の日差しで目を覚まし、ワタルは、寝袋からそろそろと抜け出した。

こんな時間に起きるのは久しぶりだったが、すっきりと目覚めたためもう一度寝るという気分でもない。急な階段を降りると、誠が居間で一人、朝食をとっていた。

その後ろ姿にハハッと、思わず吹き出してしまう。

ローテーブルを食卓にして、背筋をピンと伸ばし姿勢良く座っている。

映画で見たような昭和の朝食風景だ。

ワタルの笑い声に気づいた誠が、振り返りジロリと視線を送る。

「なんだよ」

「いや、期待を裏切らないと思って」

「どういう意味だ？」

「いや、いい」

言いながら、ワタルは誠の向かいに座った。

ししゃも、卵焼き、味噌汁に白いご飯。丁寧に綺麗に、口へ運ぶ誠の様子を見ていると、いつも朝食は食べないのだが、腹が減ってきた。

「皿、そこの棚にあるから」

ワタルの視線に気づいたのか、誠が言った。

「なあ、誠」

「なに？」

「いや……」

「なんだよ、言いかけて。昨日から」

昨日言いかけたことは違ったのだが、「まあいいや」とワタルはその誤解を解くのはやめて、続けた。

「いや、なんでここに住んでんのかなーと思って」

「受け継いだから」

「だからって、別に住む必要もないわけでしょ」

誠は何も言わなかった。それどころか、箸を揃えて置くと黙り込んでしまった。

沈黙があまりに長く、さすがのワタルも耐えかねたのか、せめて漂うこの重い空気を変えようとでもするように立ち上がった。

皿を取りに行こうとして、棚の上に置いてある、箱に入った一眼レフのカメラが目にとまった。箱は綺麗に保管されているものの、全体的に日焼けしていて年季の入ったものだということが一目でわかる。

「カメラやるの？」

「昔。今はやってない」

「ふーん。じゃあこれは」

「じーちゃんのだよ。俺が使ってる部屋にしまってあったから」

誠が立ち上がり、ワタルからカメラの箱を受け取った。そのまま棚に戻そうとしたとき、二人の間を一枚の写真がひらひらと舞い落ちた。

拾い上げたワタルがそれを見て、しばらくしてから「星野(ほしの)シャシン館……？」と呟く。

そこには、建物が写っていたが、『星野写真館』と店名を読むまでに時間がかかったのは、それが右から書かれていたからだった。『寫眞』の文字も旧字体だ。

「じーちゃん？」

写真を引き取り、凝視していた誠がボソッと言った。

見切れていて全身は入っていないが、誠のカッコによく似た、男性の横顔が写っている。

白髪を綺麗に後ろに流して、ダンディという言葉がぴったりのルックスだ。

ここはどこなのだろう。

「この建物って、どっかで……」

誠がどこかにないか、記憶の引き出しを探していると、ワタルがハッと顔を上げた。

「あ、昨日のノートじゃね」

誠は二階の自室に行き、棚の上に置いてあったノートを開くと、ワタルの言った通り、最初のページによく似た建物が描かれていた。

それを持ってゆっくりと一階に降りる。

「あった？」

ワタルの問いに答えることなく、黙ってノートを差し出した。

「どうなんだよ」その様子に若干イラついた様子で、ワタルはパラパラとノートをめくり出し、「あ、」と最初のページに戻った。

「やっぱあんじゃん」

『星野写真館』と丸みを帯びた癖のある文字で書かれ、建物のイラストには色もつけられている。

　思えば、父の絵をこんなにしっかりと見るのは久しぶりだ。

「鎌倉か。誠、行ったことあんの？」

　誠は、ワタルの声が耳に入っていないのか、先ほどの写真を見つめた。

　この写真は、誰が撮ったのだろうか。

　偶然写り込んだのだとしたら、この写真が祖父の元にあるのはおかしいし、おそらく一緒に行った誰かが撮影したのだろう。

　横顔だが、パッと見て祖父だとわかる姿は、彼の自然な表情をとらえていた。

　同じ建物をノートに描いた父は、この写真館によく行っていたんだろうか。あるいは、この絵を描いたときに、一緒に行った祖父の写真を撮ったのか。

　だが、少なくとも誠の知る二人の関係からすると、それはあり得ないような気がした。

「車、貸してやるよ。行ってくれば」

　黙って考え込んでいた誠に、ワタルが言った。

「いいよ、別に」

「気になるんだろ？」

「行ったって意味ないよ。何がわかるわけでもないし、だいたい免許もないから」

「じゃあ、連れてってやるよ」

ワタルの申し出に、すぐに「うん」と答えないのはなぜだろう。気にならないと言えば嘘になる。というより、ノートを見つけてからそのことばかり考えていたのだから。

「あのさ、ハルちゃんからもらった昨日の夕飯の余り、ガソリン代に使っちゃった」

「はあ？」

ワタルの告白に、なんのことやら、と誠は首を傾げた。

ここにきて、何を突然。あえて言われるまでもない。昨日会ったばかりだが、この男からあの金が宿代として戻ってくることはないと、最初から諦めていた。

寝袋を取りに行ったはずが、やたら帰りが遅かったのはそのせいだったのか。

「宿泊費の代わりにガソリン代。だから誠が使えよ。行こう」

「わかったよ。今日、することなかったし」

誠がそう返事をすると、ワタルはそうと決まればというように茶碗にたっぷりとご飯をよそった。炊飯器から湯気がもくもくとのぼる。

昼までにはワタルを送り出し、部屋の片付けとこの街の散策をしようという計画は崩れたが、しょうがない。

「コンロに味噌汁あるから。食べ終わったら声かけて」

誠はそう言うと、ノートを握り、急な階段をテンポよく上がっていった。

理由はわからないのだが、誠は学生時代、よく友人にバイト先を紹介された。それも決まって、ちょっとかしこまった感のある制服の接客業だ。

高校時代は、ファミレスや、制服が蝶ネクタイの喫茶店などで働いた。

大学に入ってからは、ホテルのバーや、カラオケボックスなどもあった。

卒業したら公務員になろうというのは、大学に入り早い段階で決めていたので、在学中にはいろいろな仕事をしてみたかったのだが、その話をすると友人から「じゃあ、紹介してあげる」と言われ、自分で探す前に早々と決まってしまった。

パリッとした制服に身を包んだ誠の姿を目にした友人は、皆「似合うじゃん」と盛り上がった。誰でも似合うのでは、と誠は思ったが、彼の、私服だとなんかチグハグというか、どこかに生じていた違和感が、制服を着ることで晴れたようだった。

本人は気づいていなかったが、バイト先ではなぜかモテて、自然と友人のたむろする場所になった。おそらく『誠の珍しい姿が見れる』ということで。

「ね、誠。誠はスーツを着る仕事にしなね」「ウンウン、絶対似合うから！」

高校時代、バイト先のファミレスに遊びにきた女子たちは、オーダーをとるため横に立った誠を満足そうに見つめ、そう言った。誠は、「なんで？」心から不思議そうな顔で返す。

「んー？　だってほら、服装考えなくていいから、誠ちゃん楽でしょ」

なぜ高校のうちから服装で就職先も決めなければならないのか。時期尚早な見当違いのアドバイスだと、眼鏡をクイとただしながら、疑問に思ったのだった。

大学の頃、カラオケボックスでバイトしているときだった。

誠のシフトが入っている日には、だいたいどこかの部屋に友人が来ていて、みんな歌うのが好きなんだなあと思っていたのだが、あるとき、珍しく幼馴染がやってきた。

「なあ、これ、誠のじいちゃんちに似てない？」

小学校低学年の頃、一緒に祖父の家にも行ったことがある彼が誠に見せたのが、『看板建築』と書かれた本だった。

幼馴染は本屋でバイトしていて、ある日入ってきた本を見て「あれ？　どっかで見たことある」と思ったのだと言った。

「看板建築……？」

表紙だけでなく、中にも建物の写真や説明が並んでいて、祖父の家ではないが、確かにどことなく見た目が似ていた。

「誠のじいちゃんち、めちゃくちゃ記憶に残ってるんだ」

祖父の家は、小さい頃から見た目が他の建物と違っていて、誠も好きだったのだが、本にもなるほどなのかと思った。

それが、四年ほど前に、誠がその言葉を知ったときだった。

「今度行ったら、じーちゃんに聞いてみよ」

そう思いながら、なかなか機会がないうちに、祖父に聞くことはできなくなってしまった。

2

『ネガとポジ』

【signboard】
看板，表看板，
サインボード

窓の外に現れては消える、都会のビル群。

免許を持っていない誠がこうやって首都高を走るのは、大学時代、サークルの仲間たちとキャンプに行って以来だった。

都内とはいえ、23区から西に外れた町で生まれ育った誠だが、それでも自宅が最寄り駅からそんなに離れていないこともあって、車の必要性を感じることはこれまであまりなかった。

子どもの頃は、父親がよく、誠と母を乗せて遠出した。

自由気ままな父に振り回され、早朝から連れ出されることが常だった。

前もって予定を知らされているならまだいいのだが、だいたいが当日になって、まだベッドで眠っているところを引きずり出すように起こされる。

「明日出かけるってときは、寝る前に言ってよ」

眠い目をこすりながら誠が言っても、聞いているのかいないのか、「だよな～」と笑って流し、また同じことを繰り返すのだった。

そして、いつ頃からか、そうやって父の車で出かけるたびに、誠は気分が悪くなり、どこかのタイミングで決まって嘔吐した。

幼い頃は、車酔いが酷かったのだ。

成長するにつれて少しずつなくなり、何度か免許を取りに行くタイミングはあったものの、結局今も持たないのは、車での移動にあまりいい思い出がないせいかもしれない。

「鎌倉までドライブとか、めちゃ久しぶりだわ」

子どもの頃の、ほろ苦くも渋いドライブの記憶を思い返しながら、誠が窓の外を見ていると、運転席のワタルが、窓を開けながらそう言った。

ワゴン車を改造したワタルの車は、後部座席をつぶしてフラットなフローリングになっていて、マットレスを敷いて車中泊もしているらしい。意外なほどに車内は綺麗に整理されていて、車に寝袋を置いてある、というのはそういうことだったのか。

「これなら、家がなくてもさほど困らないかも」と思うほどだった。

誠が振り返ると、窓から入ってきた風が、ワタルのシルバーに染まった髪をふわふわと揺らしている。

ちょうど、目の下くらいの長さの前髪から見え隠れする目も鼻も、くっきりとした輪郭に絶妙なバランスで配置され、作り物のように端正だ。

「S,u,p,r……」

誠は助手席から、横に座ったワタルの大きめのTシャツに書かれたアルファベットを一文字ずつ読むと、『最高』……とその意味を呟いた。

彼の現実離れした髪の色と顔の作りを横目に見ていた誠は、ハッと顔を上げた。

「何？」

ワタルがハンドルを握りながら誠を見る。

「いや、何でもないよ」と、ワタルに背を向けながら、誠は、今朝からずっと考えていたことが、一つの結論に達していた。

もしかしてこいつ、何か有名人とかなんじゃないか……？

性格と同じように、地に足がついた、といえば聞こえはいいが、つまりはそんなに豊かではない誠の想像力から思いつく限りの、奇想天外な発想だった。

この男はいったい、何者なんだ——。

祖父の知り合いらしい近所のおばあさんに頼まれたからとはいえ、「家がないから泊めてくれ」という見ず知らずの男に「はい、どうぞ」と応じたのは、人が良すぎたかもしれない。宿代を出すつもりはないようだが、特段金に困っているような様子もないし、立派な車まで持っている。なのに、帰る家がないというのは、逆に何か、秘密があるような気がしてきたのだ。

例えば、何かから逃げている？　などとハラハラする展開も考えてみたが、ワタルからは犯罪者という気配はしなかった。もちろん、誠はこれまでその類の人に出会ったことはないし、何も根拠はないのだが。

ただ、女性に追われている……というのなら、「あり得るな」と、思ったのだった。それも、もしかしたら複数の？

不思議と、この方向性は違和感なく想像が膨らんだ。

だとしたら、実は有名人、たとえばアイドル……とか？

これくらい奇抜な答えも可能性はありそうな気がしてきた。もしそうだとしても、普段からあまりテレビなど見ない誠が気づかなくてもおかしくはないし、この男はどことなくそんな特別な雰囲気を醸し出していた。

「何があり得るって？」

「！」

無意識に、またワタルの方を見ていた誠は、両方の手を自分の口の上で重ねた。

昔から、思ったことをすぐ口にすると指摘されたことがあった。自分ではそのつもりはないのだが、知らないうちに声に出してしまっているようだ。

もう直ったと思っていたが、またやってしまったのか。

誠が無言のまま、ゆっくりと運転席からくるりと窓の方へ向くと、

「思ったよりヤバいやつだな、誠」

ワタルがカラカラと笑いながら手を伸ばし、二人の間にあるナビを操作した。

「えっと……高速、どこで降りればいいんだっけ？」

そう聞きながらも、誠から答えがもらえるとも思ってないようで、ピッピと音を立てて

ナビに正確な道順を尋ねている。

「えーと、住所は、鎌倉……腰越か」

窓の外の景色をぼんやりと眺めながらその音を聞いていた誠だが、あまりにそれが続くので、だんだんイラついてきた。

「やべ、やっぱこれ壊れてんな」

「は？　壊れてるって」

「このナビ、こないだもらったんだけどさ、変なとこばっか行くの」

「……」

「誠、道わかる？」

大きなため息とともに眼鏡を二本の指でクイと上げると、誠は言った。

「後ろの荷物に地図入れてるから。高速降りたらそれで確認する」

「しばらくはこの道まっすぐ。もうちょっとしたら斜め左に曲がるとこ出てくるけど、まだ先だから」

バサッと膝の上に地図帳を置くと、誠は一息ついた。

「オッケオッケ！」

ワタルは余裕の表情で、口笛を吹きながら運転している。

それを見て誠は、呆れたように小さく息を吐いた。

「ほんと、いい加減なヤツだな」

これは聞こえてもいいと思って言ったのだが、ワタルの反応はなかった。

誠がイラつくのには理由があった。

家を出るとき、念のため持って行こうかと地図を見せると、顔の倍ほどあるその大きさにワタルが爆笑したのだ。

「そんなクソでかい地図持ってドライブとか、いつの時代だよ」

それでも、万が一、もしものときのために、と持ってきた自分を、誠は怒りとともにささやかに褒めた。

とにかくこの男は、見た目だけでなく、何もかもが軽い、軽すぎる。

成り行きでここまで来たものの、やはり合わない。

今日、家に帰ったら、さっさと出て行ってもらおう。もともと約束は一晩だ。

誠は、機能していないナビを見つめながら、そう固く決意した。

「あの家さ、」

「……どの家?」

シートにもたれていた体を起こし、窓の外を見ようとした誠に、ワタルが続けた。

「ああ、違う。今の話じゃなくて、誠が住んでるあの家の話。ずっと住むわけ?」

「なんで？」

一晩泊めたことすら後悔しているどこの誰ともわからない男に、さらにそんな込み入ったことまで話すのもどうだろうか。誠はすぐに答えなかった。

「いいなと思ってさ。めちゃ寝心地よかったのよ。オレ、基本住むとことかこだわりないんだけどさ、あんな家、探そうと思ってもそうそう見つかんないよな」

ワタルの思いがけない言葉が嬉しかったのかもしれない。誠はぽつりと言った。

「そうできればいいけど、無理だと思う」

ちょうど赤信号で車が止まり、ワタルがハンドルに手を置いたまま誠を見た。

「なんで？」と、口には出さずそう聞くように。

「経済的に厳しいし、まさかこんなに早く俺が相続するとは思ってなかったから」

「ああ、そういうこと」

誠はそれしか言わず、ワタルもそれ以上聞かなかった。

誠は、二人の間に置いてあるノートを見た。

これを描いた父親は、祖父から受け継いだあの家を、どうするつもりだったのか。

祖父が亡くなり、半年そこそこで父も続いてしまうなんて予想もしなかった。あの人がどう考えていたかわかればいいのだが、今さら聞くこともできない。

昔、祖父に「売ればいい」と言っていたことは、はっきり記憶しているものの、少なくとも不慮の事故で他界する前まで、手放していなかったのは事実だ。

もちろん、そうすべく動いていたのかもしれないが。

思いを巡らせていると信号が青になり、誠は人差し指でそれを知らせると、小さく息を吐いた。

ワタルは、車を走らせると、ボソッと一言、放った。

「じゃ、そのうち住めなくなるってことか」

軽い男の重い言葉が、現実を突きつける。

きっと売ることになるとわかったとき、祖父との記憶が詰まったあの家に、それまでいいから住みたいと引越したが、あの家を去らなければいけない日は遠からずやってくるだろう。

「ていうか、このノート、他にもいろいろ描いてあるじゃん。行ってみない？」

「他のとこも？　なんで？」

「おもしろそうな建物ばっかだったし。そうだな、例えばオレがルームシェアさせてもらって、で、誠の休みの日にこの車で行くとか？　お、それ一石二鳥じゃね――」

「いらない。なんだよ一石二鳥って」

「ハハハ、楽しそうじゃん。あの家、一人で住むには広くね？　店も使ってないし」

誠は、昨日引越したばかりの部屋を頭の中で描いた。

確かに、一人で住むには、広い。祖父は長らく一人暮らしだったが店があったし、店を閉めてからも近所の人が出入りしていたんだろう。

だが、誠はとりあえず自分が住むことだけを考えていて、誰か他人も一緒になんて、想像したこともなかった。

それが、やたら見栄えと調子のいい男ならなおさらだ。

ワタルは、黙り込んでしまった誠の様子を察したのか、続けることはなかった。

「なあ、まだこの道まっすぐでいいんだっけ？」

しばらくしてそうワタルが聞いたときには、すでに曲がるはずの道を通り過ぎていて、誠は息を吐くとまた、重い地図を持ち上げた。


緩い坂道を下っていくと、小さく踏切の音が聞こえてきた。

「あっ、江ノ電じゃね？　誠」

はあ、と小さくため息をついて、誠が窓の外と地図を交互に確認する。

「たぶん、そう。地図でいうと、極楽寺……のあたりだ」

車道の下に江ノ電の線路が延びていて、その一方は山の中へと続いている。

「よし、じゃあ……」

気合いを入れ直しているワタルを遮るように、誠が言った。

「正確な場所確認したら、どっかに停めよう。あとは電車で行った方が早い」

高速を降りてから、誠のナビを頼りに運転するワタルより、あっちこっちと飛びまくるワタルの会話に応じながら、重い地図を見てナビする誠の方に疲労が溜まっているのは明らかだった。

江ノ電を線路に沿ってゆっくりと進んでいくと、Ｐの文字が見えた。

「あそこ、駐車場ある」

海はすぐ近くのはずだが、周囲は緑が多く山の景色だ。その中に住宅街が続いている。

「こっちかな」

誠は車を降りると、伸びをして歩き始めた。

新緑の匂いは勢いを増し、これから日差しの強い季節がやってくるのを待っているようだ。

ダボッとしたモノトーンの上下に、キラキラと髪を光らせたワタルが、大股で跳ねるように住宅街を下っていく。

その少し後ろから、黒髪眼鏡でチェックのシャツをインした誠が、周囲をキョロキョロと見回しながら、早足で続いた。

駅は、すぐに見えてきた。

よかった。ここから目的地の最寄り駅まで江ノ電に乗り、写真館で確認したら最短で戻ってくればいい。そうすれば、あいつも今日中に帰らざるを得ないだろう。

誠は頭の中でざっと時間の計算をすると、早足になった。と、先に歩くワタルが、駅を素通りして一気に駆け出していく。

「おい！　ここから電車乗るんだよ」

「こっち海だから、ちょっと寄ってこ」

予定、計画、という言葉が、あの男にはないのだろうか。

坂道を加速して、あっという間に下っていった。

「なんなんだ、あいつ」

眼鏡をまた一度、クイと上げると、一歩一歩、苛立ちを込めながら地面を踏みしめる。

誠は普段、あまり感情的な方ではないし、怒ることも滅多にないのだが、昨日から一年分くらいの苛立ちを感じている気がした。

短期間で記録する降水量じゃあるまいし、台風の目には去ってもらわないといけない。

「ノド渇いた〜！　あっ！　ビールあんじゃん！」

前方からワタルの声が聞こえてくる。

少し先に、酒屋のような小屋が見え、ワタルが入っていった。

運転があるにもかかわらず、時間をかけて滞在しようとでも思っているのか、単に口にしただけなのか、反応するのも面倒なので、誠は何も言わずにワタルを追いかけた。

どちらにせよ、買ってくれと声をかけてくるだろう。

喉が渇いていたのは誠も同じだったが、酒の自動販売機を素通りしてお茶を手に取ると、中に向かって声をかける。

だが、店主は不在なのか、誰も出てこない。

もう一歩、中に足を進めると、

「なあ。小銭ない？」

予想通り、ワタルが誠の肩に腕を絡め、体半分を乗せながら言った。

「お茶なら買ってやるよ」

身をよじり、ワタルを引き剝がすと、もう一歩店の奥へと入った。

「ええ～っ、まだ帰りまで時間あるでしょ」

「用事済ませたら、すぐ帰るから」

やっぱり、どれだけ滞在するつもりだったんだ。と、このときばかりはワタルが金を持たなくてよかったと、小さく安堵する。

目的地の写真館に行ったら、まっすぐ帰るつもりなのだから。

そうでないと、もう一晩、この男を泊めることになりかねない。

「すいませーん」

もう一度、店の奥に向かって声をかけるものの返事はなかった。片隅に置かれた年季の入った瓶ビールのケースが目に入る。黄色いプラスチックが色褪せて、白ばんでいた。

「ムダだよ」

ワタルではない、高い声のする方を向くと、少年が一人、立っている。

背の高さからすると、小学校高学年くらいだろうか。よく日焼けした肌にネイビーのキャップを被り、伸びた手足は今時の子どもというか、すらりと長い。

スポーツをやっているのか、うっすらと筋肉を帯びていた。

「無駄って？」

「この時間はいつも誰もいないから」

「この辺の子？」

「まあ」

少年は素っ気なくそう言うと、道に戻って歩き始めた。

誠は、お茶をショーケースに戻すとその後ろに続いた。

「なあ、とりあえずどっか入んない？」

肩を組みながらワタルが言う。

「入らない。海見たらすぐ電車で移動する」

「ええー、なんのために来たんだよ。ここまで来て遊ばない食べないってないわ」

なんのためって、偶然父と祖父が来ていた同じ場所の痕跡を確認するためだ。と、返す気にもならなかった。「連れてってやる」なんて言っていたが、単なる暇つぶしに遊びたかったんだろう。

またもや苛立ちを感じると、誠は少しずつ、なぜこの軽薄な男にここまで神経を逆撫でされるのか、その理由がわかってきた。

誠がよく知っている男に似ているからだ。

だが、わかると余計にそれについて深く考えたくなくなり、スタスタと前を歩く少年の後ろ姿を見た。

怒っているような、寂しそうな、でもどこか話しかけてほしそうな――。

背中がそんな表情をしているような気がした。

「すみません……あの？」

背後から少年の声がして立ち止まる。今度はさっきと違って、今にも泣き出しそうな鼻声だった。

振り返ると、後ろから色白で、線の細い少年がこちらを見上げていた。

肌も髪も色素が薄く、顔は透き通るように白い。

前を歩いている少年とは対照的だ。

「うん？」

誠は、思わずさっきの少年と交互に見遣った。この道は、子どもが頻繁に通るのだろうか。

ふと、線路横の道路を見ると、スクールゾーンとくっきり書いてあるのが目に入った。

「どした？」

ワタルが少年に聞く。

「道に……まよって……」

「道？　迷子？」

誠がしゃがみこみ少年に声をかけるが、おどおどして、すぐに返事ができないようだ。

「なんでこんなとこで迷子になるんだよ？」

「この辺が家じゃないの？」

地元の住宅街でどうして迷子になるのか、状況が飲み込めない二人に立て続けに問われて、気の弱そうな少年は、さらに口ごもってしまった。

「おい。何やってんだよ」

今度は前方から声がすると、先に進んでいたはずの少年が、強張った表情で立っていた。

キャップの下から覗く鋭い視線は、誠たちよりはるか下に向いている。

その先にいた少年は、助けが来たというように、パッと表情が晴れた。

「二人は友達？」

誠の問いを遮り、日焼け少年が白い腕を取った。

「何やってんだよ。行くぞ」

「でも、待ち合わせ場所、わかんないのに……」

日焼け少年に手を引っ張られて、色白少年は細い足を踏ん張り、精一杯抵抗する。

誠は、色白少年を支えるように肩に手を添えると、

「友達同士なの？」もう一度、尋ねた。

ワタルは、誠の肩に顔を乗せ、答えを待っている。

黙ったままの日焼け少年に代わって、小さな鼻声の答えが返ってきた。

「兄弟、だから」

「そっか、兄弟ね……って、エエッ⁉」

誠とワタルは、まるでコントか何かの芝居のように、わかりやすく大げさに驚いた。わざとではもちろんない。それくらい予想外というか、あまりにも似ていなかったのだ。

というより、キャップをかぶった少年は、単に日焼けした肌というだけではなく、くっきりとした目鼻立ちと瞳の色、すらりと伸びた手足、日本人だけではない外国の血が入っているのだろうと推察できた。

もう一人は、対照的に、全体的に色素の薄い少年だ。

二人が兄弟だというのなら、血の繋がりはないのかもしれない。

「ぼくたち船を探してるんです。キラキラの」と、色白少年が言った。

「船？」

「いっしょに、探してくれませんか？」

日差しを反射しそうなほど白い肌の少年が、誠の目を見上げて懇願した。

風が吹いて、緑の中に海の香りが舞い込んできた。

「海っていっても、この辺に船はなさそうだけど」

「江ノ島の方行ったら泊まってんじゃん、そっちじゃね？」

誠とワタルは、船を探しているという二人の少年を連れて、砂浜を歩いた。

連れて、といっても兄と思しき日焼け少年は一人ですたすたと歩いていき、その少し後ろを、ワタルが波と戯れながら続いた。

誠は気の弱そうな弟と連れ立って、二人を追った。

対照的な見た目の「兄弟」が、何か訳ありなのだろうことは察しがつき、あまり多くを聞けなかった。年は、いくつくらい離れているのだろうか。弟は四年生だと言っていた。かなり華奢な方だろう。兄の方も中学生にはなっていなそうで、もしかしたら、そんなに違わないのかもしれない。

ワタルに付き合い、海を見たらすぐに目的の写真館に向かおうと思っていた誠の予定は、またも狂った。だが、自分のすぐ後ろで、砂に足を取られながら必死でついてくる少年を見ると、放っておくことはできなかった。

「キラキラの船ってどういうの？」

「わからない……でもそこで待ちあわせ、だから」

この辺は、稲村ヶ崎から、七里ヶ浜に向かうあたりだろうか。

定期的にやってくる波の音が心地いい。この時期にしては気温は高いが、曇りがちな天気のせいで、海は青というより、グレーがかっている。雲の隙間から差し込む太陽で、海はシルバーの光を放ち、ワタルの髪色とリンクしていた。

四人は、微妙な距離感でサクサクと音を立て、砂浜の上にそれぞれの足跡を残していく。

「待ち合わせって、誰と？」

「家族。パパと、お母さん」

俯いたままそう答える少年は、どんどん先を歩いていく兄の後ろ姿を見た。兄弟の距離は開いていくばかりだ。

一人っ子の誠には、どんな関係が一般的な兄弟のそれなのか、わからない。

友人たちでも、やたら仲のいい兄弟もいれば、関わりの薄そうなパターンもあるし、これが普通、というものでもないのかもしれないが。

波打ち際を歩く軽薄な男は、どうなのだろう。あの自由奔放、傍若無人な振る舞いからすると、一人っ子のような気もするが。とそこまで考えたところで、誠はそれじゃ自分も同じだと気づき首を横に振った。

「弟待ってやれって。アニキだろ」

ワタルは前を歩く少年に向かって、昨日出会ってから、一番常識的で一般的なセリフを口にしたかと思うと、誠たちの方を振り返り、手にしていたスマホを掲げた。

「なあ、誠！」

ぴょんぴょんと足元を砂に取られながら、ジャンプするように戻ってくる。

「なに？　手がかりあった？」

「温泉ある、稲村ヶ崎温泉。あっち。行かん？」

「は？　この子たちどうするんだよ？」

「一緒に行けばよくね、おーい、ちょっと待てアニー、温泉行かねー？」

ワタルは、また跳ねながら、今度は一人前を歩く少年に声をかける。

立ち止まった少年は、ワタルの到着を待たずに言った。

「行くならどうぞ。おれたち行けないんで」

「なんでだよー。金なら心配すんな。一緒に行けばいいじゃん」

心配するな、ってどうせあんたが出すわけじゃないくせに、と一瞬誠は思ったが、すぐに兄が返した。

「あの温泉、十四歳以上だから。子どもは入れない」

江ノ電の車内は、以前誠が来たときよりもかなり混んでいた。外国人含め、観光客が多いようだ。聞き慣れない言語が飛び交い、窓の外を撮影している人もいる。

皆、窓のすぐそばに見える海岸の景色を、小さな歓声をあげながら見つめていた。

席が二人分空いていたので弟を座らせ、その前に誠とワタルが立った。兄にも座るよう言ったのだが、首を振り、ドア付近に立って窓の外に目をやった。

いろいろ聞いても、二人の待ち合わせ場所は見当がつかず、先に誠の目的から片付けようと、江ノ電に乗ることにした。

その前に、「こういう場合さ、警察に言った方がいいのかな」誠がひっそりと言うと、ワタルは兄弟に大声で聞いたのだった。

「おーい、警察行く？　俺たち寄るとこあるから先にそっち行くけど、急ぐんだったらその方がいいかもよ」

だが、二人ともついてきた。

七里ヶ浜の駅で、誠が子ども料金の切符を買ってやろうとしていると、その横を二人が、ピッと交通系のＩＣカードを鳴らし、ホームへ入っていった。

「大丈夫じゃん、行き場がないってわけじゃなさそうだし」

誠が二人にジュースを買ってやっていると、その後ろにワタルも並んだ。請われるがままに、コーラを買ってやったのだった。

江ノ電は、海岸に沿って走っていく。

「うっわ！　見て、弟！　すっげー人！」

「ほんとだぁ」

駅が近づき、歩いた方が早いような徐行で進んでいると、線路脇に人だかりが見えた。すごい数だ。皆、一様に海の方に向かってスマホを掲げている。写真を撮っているようだ。

「鎌倉高校前〜」と、アナウンスが聞こえてきて、ワタルが身を乗り出して窓の外を見た。

「そっか、スラダンか。ここ、聖地じゃん」

「スラダン？」

「観た？　映画」

弟は首を横に振った。

「観た方がいいよ。マジでおもしろいから」

「うん」

ワタルは、十歳の少年にも、同年代の誠にも、そして昨日のおばあさんくらい年上にも、ほとんど態度が変わらない。それもどうなんだろう。そんなことを思っていると、弟と目が合ったので、誠は「おもしろかったよ」と軽く何度か頷いた。

実は誠も少し前に観たところで、これが友達同士なら、「すごかったよな。俺、三回観たよ」と、前のめりで会話に加わりたいところだった。

そういえば、映画は兄弟のストーリーから始まっていた。

目の前の少年二人は、どんな兄弟なのだろう。

誠にも、兄弟がいないことを寂しいと思った時期があった。まだ幼い頃には、欲しいものとしてサンタにお願いしたことすらあったほどだ。

今でも時々、思うことがある。例えば今のような状況になったとき、兄弟がいたらどうしただろう。祖父の家をどうやったら残せるか、解決策を一緒に考えられたんじゃないか。父親ともっと、うまくコミュニケーションを取れたんじゃないか、と。


もう一駅乗って、腰越で降りた。目的の写真館は、ここから江ノ島方面に向かった線路沿いにある。

車を確認し、道を渡ろうとしたときだった。

突然、兄が反対に向かって駆け出した。

「ん？　そっちじゃないよ」

「アニ！」

二人が声をかけても、戻ってくる様子がない。

「なんだなんだ？」

ワタルがニヤニヤしながら、小さくなっていく少年の後ろ姿を見ている。

「追いかけて！」

「はいはい」誠に言われて、ワタルはにやけたまま走り出した。

「おーい！　アニ！」

「あ、左曲がった！」

「見えたって」

線路沿いを、乗ってきた方向に遡るように走り、曲がった少年を追いかけて、ワタルも消えた。

誠も、弟の手を取って、後から走る。

左に曲がり、線路を越えるとすぐ、急な上り坂が現れた。

その先に、『満福寺』と書かれているのが見える。

「お寺？」

坂の上でワタルが兄に追いついたのを確認すると、誠は息を切らして登っている少年に合わせ、立ち止まった。

急な坂でダウンしたのかもしれないと、誠がおぶってやろうとすると、

「ここ、お父さんのお墓があるって言ってたところかも」と、弟がか細い声で言った。

誠と弟が坂を上がって寺に着くと、そこで待っていたワタルが奥へと抜けるトンネルを無言で指した。どうやら、その先に墓地があるようだ。

兄の後ろ姿がそのトンネルに消えていく。三人は追わなかった。

「ここで待ってよう」

誠は、不安そうな表情を浮かべる弟に向かい合って立つと、二つの手のひらを顔のあたりで広げた。

「これ知ってる？」

「うわ、手押し相撲とか、古っ！」とワタルが笑ったが、少年が「やったことある」と好奇心に満ちた目で、同じく臨戦態勢をとったので、誠は「ほら」と言わんばかりに勝ち誇った視線を送った。

「すげえドヤ顔」

ワタルはニヤリと笑いつつ、二人と同じように両手を開いて顔の横に掲げた。


「人生は、明日何が起こるかもまったくわからない」

寺の中で、三人で交互に手押し相撲をしながら、誠は思った。

昨日出会ったばかりの男と、父の残したメモを頼りにドライブをしてやってきた場所で、血の繋がりはないように見える兄弟に出会った。

そして今、そんな昨日まで何の関係もなかった三人が、向かい合って手を合わせている。

「うわぁ！」

手押し相撲に夢中になって、手を引っ込めたり横に引いたりしていた少年が、バランスを崩し誠の方に倒れてきた。

少年を受け止め地面に倒れ込んだ瞬間、誠はいつだったか幼い頃、同じようにして父と遊んだ光景が蘇った。とても短い、断片的な記憶だったが。

寺の裏にある霊園には、この世界にはいない兄の父親が眠っているのだろう。

誠も同じように、もう父に会うことはできないのだということを、寝転んだまま空を仰ぎ、思った。たとえ何年もまともに会話していなくても、それとはまったく違うのだということも。

この寺は、源義経ゆかりの場所らしく、弁慶と二人の銅像、その横に『弁慶の腰掛石』がある。ここに座ると強く、立派に育つのだそうだ。

弟をそこに座らせ待っていると、しばらくして兄が出てきた。

「おかえり」と三人が迎えた。

日焼けした顔が見えないくらい、キャップを目深にかぶった少年は、三人を見ると一瞬、ホッと息をついたように見えた。だが、そのまま何も言わずに一人寺を出ていく。

ワタルが少年の後ろから、そっと身を寄せた。

「ほんとはアニ、待ち合わせ場所どこか、わかってんじゃねーの？」

少年はそれには答えず、「早く行こうよ。寄るとこあるんでしょ」と、さっき登った坂を下っていく。

「あぶね。転がるぞ！」またしてもワタルが後を追い、駅の方へと曲がっていった。

だが、今度は誠は追わなかった。弟と二人でゆっくりと坂を下る。

「急だから気をつけて」と誠が振り返ると、弟はちょっとはにかんで、笑った。

「ありがとう」

ようやく目的の『星野写真館』に向かって歩く。

このあたりの江ノ電の線路は、車道の中にあって特に柵などで区切られていない。電車が近づいてくれば、そこを避けて車も人も通る。

兄は、もう一人で進まなかった。ワタルの横で歩調を合わせて進んでいる。

「誠、あれじゃね？」

少し先に、真横からモルタル造りの建物が見えたときだった。

「なにやってんの!!」

女性の叫ぶような声が響き、驚いて前を見ると、まさにその建物の前から女性がものすごい勢いでこちらに向かってくる。

年は四十前後だろうか、ショートカットで健康的に日焼けして、172センチの誠とそんなに変わらないくらいスラリとしている。

二人の母親だろう。どちらに向かって叫んだのかは、すぐにわかった。

「タケル！　あんたなにやってんの？　ちゃんとカズくん連れていくって言ったじゃん。星野写真館、船の写真屋さんで待ち合わせって」

兄に向かってそこまで捲し立てたところで母親が誠たちに気づき、「連れてきてもらったの？」と頭を下げた。

「すみません、キラキラの船って言われたんですけど、わからなくて」

誠も頭を下げた後、改めて店を見た。偶然にも、目的の場所が同じだったのだ。

二人の母親は、誠に近づき、その横にいる銀髪の男の存在に気づいたようだった。ほんの少しだけ目を見開いたが、すぐに戻り、

「ここの建物の正面が、船みたいに見えるって、昔から、そう呼んでたんです」

「キラキラの、船？」

「ああ、『星野』だから、お星さまだねって。まだこの子が小さいときだったんで」

少し照れたように、兄の肩に手を乗せると、店の奥から、男性が「お母さん—」と呼ぶ声がする。

「ここで今から、家族写真撮るところなんです。ご迷惑おかけしました。本当にありがと

うございました」母親は頭を下げると、「ちゃんとお礼しなさいよ。お兄さんたちに」と、先に中へと入っていった。

「ありがとうございました」と弟が頭を下げた。

「よかったね、兄弟ができて」

誠が言うと、兄が横から「もしかして、二人も兄弟？」と聞く。

「まさか」

「全然。他人だよ。見た通り」

ほぼ同時に返ってきた誠とワタルからの即答を受けると、兄は少しの間黙った後で、「ふーん。変な大人」と初めて笑顔を見せた。

兄が手を引いて、二階へと上がっていくのを見送ると、誠は店の前の道路を渡り、写真館を正面から見た。

モルタルで仕上げられた店の正面は、二階にあたる部分が特徴的なデザインになっていて、丸く施されたステンドグラスは船の窓に、煙突のように飛び出した屋根は、帆を模しているように見える。

「確かに、船みたいだ」

そして、ちょっとずれて建物の側面を見ると、正面からは想像つかない木造家屋が姿を現す。そのアンバランスさがなんともおもしろい。

店本館眞寫野星
HOSHINO STUDIO

誠はノートを開いた。父のイラストの横にも、『海近くの船の写真館』とメモしてあった。

もう一度、車や電車が近づいていないことを確認して、店の方へと渡った。

店先のガラス戸や店内には、いろいろな時代の家族写真、江ノ島の街並みを写したものが飾ってある。

「話聞こうにも、撮影終わるまで時間かかりそうだな。どっか行って待ってる？」

中を覗いてワタルが言った。スタジオは二階にあるようだが、まだ準備段階の声が聞こえてくる。

「そうだな」飾られた写真を漠然と見ていた誠の目が、その中の一枚に留まった。

「誠？」

店を出て歩きかけていたワタルが戻ってきたのにも気づかず、食い入るように、その写真を見つめる。

それは、祖父と父が二人で写った写真だった。

祖父は腕組みをしてそっぽを向いているが、二人は笑っていた。あまりにも自然な笑顔の写真に、誠は一瞬、見間違ったかと思うほどだった。

「どうしたんだよ？」

ワタルの呼びかけも聞こえてこない。

二人は、ここで記念写真を撮っていたのだ。

誠はしばらく、ただそれを見ていた。そのうちに鼻の奥に何かが込み上げ、ツンとして顔を上げた。

「いや、もういいや」

「いいって？」

「もう帰ろう」

「マジで？　せっかく来たのに？」

パンツのポケットには、この店の前で、祖父がわずかに写った写真が入っている。それを誰が撮ったのか、誰とこの店に来たのかが気になったのだが、それよりはるかに確かなことを、知ることができた。

答えない誠に、ワタルが別の誘いをかける。

「じゃ、温泉行く？」

「いいよ。行かない」

誠は、外に出るとカメラを出し、レンズを店に向けた。

「あ、家にあったカメラじゃん」

「うん、フィルムがあったから」

誠は祖父のカメラで、店を正面から、横から、斜めからもとシャッターを切った。

「オレも。これは撮るでしょ」と、ワタルはスマホを向けた。

ちぐはぐな外見の二人が、一眼レフとスマホで写真を撮っている。その様子がおもしろく映ったのか、通りがかった買い物帰りらしき女性が、わざわざ自転車を止めて声をかけてくれた。

「よかったら、二人で撮りましょうか?」

「いえ、大丈夫です」

「あ、いいすか? お願いしまーす」ワタルがスマホを渡し、二人は店先に並んだ。


「あ〜あ、しらす丼、食いたかったなあ」

ワゴン車に乗り込み、シートベルトを締めながらワタルが嘆いた。

窓の外はすっかり暗い。誠は、予定が狂いまくったと、助手席でため息をついた。

写真館の後も、ワタルがどうしても江ノ島には行きたいと言い出し、誠も腹は減っていたので食事だけすることにしたのだ。

「しょうがないだろ、一食しか残ってなかったんだから。海鮮丼食べたんだし」

「名物はしらす丼なんだよ。譲ってやったんだから」

「じゃんけん負けたからだろ。そっちが。だいたい、財布持ってきてないってなんだよ」

誠は真面目ではあるが、金勘定に関してはそこまで細かい方ではない。だが、ワタルに関しては出会って二日目で、一緒にいれば自分ばかりが金を出すことになると気づいた。

「土産も買ったんだからいいだろ」

「ああ、これ？」

運転席のワタルが、満足気にオレンジとピンクの混ざったような、独特の色合いの丸い煎餅をかざした。

「どうしてもそれは買ってくれって、子どもじゃないんだから」

「てかデカすぎん？　このたこせん。この地図と同じくらいデカいんだけど」

そう言うと、江ノ島土産で買ったたこせんと、誠が持参した大きな地図を、それぞれ左右の手に持ってカラカラと笑う。間に入ったワタルの顔は、確かにどちらよりもはるかに小さい。

車が動き出ししばらくして、ワタルが思い出したように言った。

「あの写真館で今まで、何組ぐらい家族写真撮ったんだろうな」

「どうだろう？　百年以上でしょ。すごい数だよ」

たくさんの人々が特別な写真を撮りにやってきたであろう写真館は、いつの間にか被写体にもなっていて、町の目印でもあった。

百年以上そこに佇むことで、単なる写真館でも建物でもなく、人が交わる場所として存在しているようだった。

誠は、祖父と父の写真を思い出した。二人は笑顔だった。笑顔を抑えるように顔を背ける祖父を父が見て、直前に何があったのか、爆笑した後そうなったように見えた。

思い出すとピリッと胸が痛んだのは、二人のそんな表情が誠の記憶にはなかったからだ。父としての祖父と、息子としての父がそこにいた。誠は自分でも気づかないくらい、ほんの少し唇をかんだ。

「次来たら温泉行くから」ワタルが言うので、「次はない」と即座に誠は返す。

だが、初めて見た父と祖父の一枚の写真が、このノートに描かれた場所には他に何があるんだろう、他にも知らないことがわかるかもしれない、と誠の心に火を灯した。

「さっき言ってたことだけど、うちに居候してもいいよ。その代わりこの車で、ノートにある建物、見に行くってことで」

「え、まじで?」

「俺は週末休みだから、土日に行けるなら」

「オッケ、契約成立——!!」

契約といっても、家賃がどうとか本来一番大事なことすら、何も決めなかった。決めてもおそらく意味がないとわかっていたからだ。

とはいえ、今日一日兄弟と行動をともにしたことで、誠は運転席の男がどういう人物なのか、なんとなくわかった気がした。金がないのも嫌というほどわかったが。

ただそうなると、誠の中にひとつ、確認しておきたいことがあった。これから同居するならば、誠にとって非常に重要なことである。

「そういえば、そっち何歳なの？」

信号で停車して、スマートフォンに向かっていたワタルが適当に応じる。

「んー？　今年二十五」

「エッ、同い年？　何月生まれ？　俺は四月なんだけど……」

どちらが年上か気にする誠に対して、おそらくまったく気に留めないだろう運転席の男は、誠の問いが耳に入っていないようで、

「なあ誠。ノートに書いてるとこ、すでに取り壊されてるとこもあるっぽい」

まだ昨日出会ったばかりだが、初めて見る神妙な面持ちでワタルは言った。

二年A組の教室は、文化祭の出し物を決めるホームルーム中に異様な盛り上がりを見せていた。

『K-POPカフェ』と、黒板に書かれた、決定したらしいタイトルを見て、真ん中の列の前から二番目の席に座った誠は、今ひとつピンとこない表情を浮かべ、眼鏡をクイッと直した。

誠の高校は学ランのため、日頃からブレザーを渇望していた女子たちは、この機会に見たいと、当時、流行していたK-POPの制服コスプレでカフェをやることになったのだった。

「はい！　僕やります」

誠は、先頭きって裏方募集に立候補したのだが、あっさり却下され肩を落とした。

さらに、多少細工されていたクジによってキャストに振り分けられてしまったときには、しばらく呆然としていたが、いざそうなれば、与えられた役はまっとうしなければと思うのが、誠だった。

当日は、「憂鬱だな」と小さく首を横に傾げながら朝から準備されたメイク室に入った。

鏡の前に座るよう言われ席に着くと、ヘアメイクの係らしい女子数人がパッと鏡の中に登場した。

「メガネ取っていいー？」と言うので、自分で外し、前の台に置く。

パシャパシャとコットンに含んだ化粧水を肌に当てられて、ぎゅっと目をつぶった。

「誠の眉って、これ何もしてないの？　すごくない？　前からめちゃ綺麗だと思ってた」

「肌ツルツルじゃない？　餅みたいなんだけど」

女子たちは、大盛り上がりである。

誠は、息を吐くと覚悟を決めた。

もうどうにでもなれだ。

「寝てていい？」

女子たちは「いいよいいよ、寝てな。誠ちゃんは」と楽しそうに笑い、誠は目を瞑った。


「おおおー！　ウチら天才じゃない？」「ヤバイって！」「予想以上なんだけど！」

騒がしい声に目を開けると、さらに盛り上がりが増す。

「ヤバ！　ＥＸＯのＤ．Ｏ．じゃん！」「誠、デビューできるって！」と女子たちの声がさらに人を集め、わらわらと外にいた生徒たちまでやってきた。

どうやらヘアメイクが終わったようだが、眼鏡を取っている誠は目を覚ましたばかりなこともあって、よく見えない。

手を伸ばし眼鏡を探して、台の上に見つけたところ、「ね、カラコンしていい？」とさっきまでメイクをしてくれていた女子たちが、キラキラ目を輝かせながら寄ってくる。

「いらない、もういいよ」

誠は椅子から降りると、そそくさと部屋を出た。

「えー!?　待って！　カラコンさせてよ」「写真撮らせて、誠！」

追いかけてくる女子たちから逃げて、廊下を早足で歩いていると、横から来た男子にぶつかった。

「悪い」

「ごめん」誠は、手に持ったままぶつかった衝撃で落とした眼鏡を探した。

「あ、メガネ？　はい」

ぶつかった相手がそれに気づいて、拾ってくれたようだ。

「ありがとう」と眼鏡を受け取る。

誠は眼鏡をかけたが、彼は他校の生徒らしく、見慣れない顔だった。

だが彼は、二人がまるでクラスメイトであるかのごとく距離を詰め、誠の顔をまじまじと見つめる。

「おお、スゲー、アイドルみてー」

感嘆する彼の方が、あまり人の外見を注視しない誠から見ても端正で、惹きつけられた。

「写真撮らねー？」

外見とは裏腹に人懐っこい彼は、一緒にいた友人にスマートフォンを渡すと、誠に顔を寄せる。

そのとき、「誠――!!」と女子たちが近づいてきて、誠は「ごめんっ」と走り出した。

必死の逃亡も虚しく捕まったが、今度は後ろの方から歓声があがり、彼女たちの注意が逸れた隙に、誠は再び走り出した。

「A学の野宮(のみや)くんが来てるって！」

「野宮って野宮ワタル？　ヤバ！　見にいこ！」

校舎に戻ると、階段の踊り場の窓から、興奮して走っていく女子たちが見えた。

誠はふと、さっきぶつかった男子を思い出した。

【closing time】
門限，引け時，看板

3
『時間と記録』

時間、というものは存在しない。

そんなことをどこかで見たなあと、誠は家の玄関の前でもう一人の住人、ワタルが出てくるのを待ちながら思い出していた。

モルタル塗りの外壁に当たる日差しも、力強さを増してきた。

誠がチェックのシャツをまくり、顔を出した腕時計の針は、午前十時を五分ほど過ぎた時間を示している。

木更津に行く予定にしている今日は土曜だ。

「アクアラインがめちゃ混むのよ。土日とかヤバいときはほんと、ぜんっぜん動かなくなるから、早めに出た方がいいわ」

そう提言したのは、ワタルの方だった。

当初の出発時間は九時だったのだが、提言者の申し出により三十分ずつ二回ずれ、十時を過ぎてもまだ降りてくる気配はない。

『時間』という概念があるのかないのか、そんな難しいことは誠にはわからないし、そうは思われないのだが実は面倒なことが苦手な誠は、哲学のようなその問いの答えを知ろうという気にもならないけれど、少なくとも自分とあの居候にとっての時間の流れは、大きく違うだろう。

同じ家に住み始めて一週間だが、かなり前からそう確信していた。

「もう、何やってんだよ」

誠は小さく息を吐き、様子を見ようと以前は『相良珈琲店』の入り口であった戸に手をかけた瞬間、ひょいとワタルが飛び出してきた。

「おおっ、タイミング！　自動ドアか」

悪びれる様子はまったくない。今起きたばかりなのかシルバーの髪は鶏冠のように頭の上で自由に暴れている。ロンTにハーフパンツの男は、それを閉じ込めるようにバケットハットをかぶると、「車とってくるわ」と足取り軽く消えていった。

街並みは地味で落ち着いているとはいえ、都心である。このあたりの駐車料金も結構な額であるはずなのに、「金がない」が口癖のワタルはいったいどうしているのか。

無論、謎なのはそこだけではないが。

そもそも、一週間同じ家で過ごしているといっても、公務員で一般的な朝から夕方まで勤務する誠と、なんの仕事をしているのか、誠の出勤時間にはほぼ眠っているワタルの生活サイクルが噛み合うのは、夕食からの数時間くらいだった。

その時間すら、夕食にありつくためにワタルが合わせているような気もする。

「ああ、ハルちゃんが停めていいって、置かせてもらってる」

ワゴン車が誠を乗せ神保町を出発してすぐ、車をどこに停めているのかと尋ねると、ワタルはサラッと答えた。

そうか、その手があったか。

ハルちゃん、というのは祖父のこともよく知るこの街の古くからの住人で、ワタルとどういう繋がりなのか、といってもおそらく一週間前に偶然出会っただけだと思うが——それにしてはやたら気にかけている。

仕事を終え帰宅した誠が夕食を作っていると、店側の玄関から呼ぶ声がして、「これ、ワタルくんと食べなさい」と、煮物やコロッケなど、だいたいが茶色いおかずだが、作ったばかりの温かいままを皿に入れて持ってきてくれたりするほどだ。それもほぼ毎日。

この男は、相手の懐に入るのがうまく、勝手気ままに振る舞っているのに不快にさせない。だからといって、誠がまったく不快になっていないかと言われれば別なのだが。

「やべ、もうこんな時間か。混まないといいけど、今日土曜だしな。ていうか天気めちゃ良くない？　お出かけ日和だねー」

運転席に座って鼻唄を歌いながらサングラスをかける男を横目に、言いたいことはもちろんあるがあえて口にするのはやめよう、時間の無駄だ。と、土曜日の都心の景色を見ることに集中した。

そもそも、このタイプの人間に正論をぶつけてもこちらが疲れるだけだ。それは幼い頃から、最も身近な存在を通じた経験として身に沁みている。

そう思うことはこの男が父親に似ていることを認めるわけで、あまり歓迎したくない感情なのだが。

窓の外に、駄駄を捏ね道端に座り込んだ三、四歳の少年を、困り果てながら抱き上げる父親らしき親子が見えた。通り過ぎてからもバックミラーに映ったその姿を、見えなくなるまで誠は追った。

「まじで。時間が止まってんですけど」

アクアラインの上でまんまと渋滞にはまってしまった車の中で、ワタルがそう言って運転席のシートに頭をもたげた。

その様子は、思いがけない、信じられないことに、といったニュアンスを含んでいて、誠は思わず「なぜ？　だから早く出ようと自分から言ったんじゃなかったのか」と、呆然としてしまう。

「呆れてものも言えない」

という言葉が、これほどまで短期間に何度も頭をよぎることがあるだろうか。

ワタルは人にそう思わせる天才かもしれない。

誠は『ＬＯＮＧＩＮＥ』と文字盤に書かれた手巻きの腕時計を見た。祖父から譲り受けたこの時計は、誠が身に着けるものの中で一番気に入っているものだった。

渋滞で進まなくなってしまった車内で、苛立ちがないと言ったら嘘になるが、時間を確認するたびにこの時計を見ることで、気分はそこまで悪くならずに済んでいる。

「しかしさ、ノートにあるこの建物、マジでなくなってるのかな」

完全に動かなくなってしまった車の中で、当分の間ハンドルに集中する必要がなくなったことを確信したワタルが、持ってきたノートをめくりながら言った。

イラストレーターだった誠の父、歩が残したと思われるノートには、祖父の家だった今の住居と同じように、『看板建築』と呼ばれる建物がいくつも記されていた。

その一つが木更津にある『安室(やすむろ)薬局』だったのだが、ワタルが調べてみると、SNSに最近取り壊された、と、いくつか投稿があったのだ。

木更津や千葉の建築遺産として有名だった歴史ある建物の喪失を悲しむものがほとんどだった。

父がノートに記したのがそれぞれいつなのかわからないが、それから今までの間に取り壊されてしまった建物は、一つではない。

というより、次々にと言ってもいいペースで、同時代に建てられたものが消えていってしまっている。

どの建物も、行ったらすでになくなっていてもおかしくないような現状だということは、確かなようだ。

「そもそもさ、こういう『看板建築』って呼ばれる建物は、関東大震災で倒壊したり焼けたりした後に建てたわけじゃん。今年でそれから百年とかでしょ。そりゃ普通に考えて、取り壊そうってなるよな。ここまで残っていたのがすげえって感じだし。ここに描いてあるものも、いくつ残ってるかってとこだよな」

一週間前、初めて『看板建築』の名前を知ったというワタルは、どこで調べたのか、建物について知識が増えている。

誠が置いていた本を読んで知ったのかもしれない。

『看板建築』という言葉自体が新しく、定義についても諸説あるが、関東大震災や、その後各地で生じた大火で建物が倒壊、焼失したことを契機に建てられていて、その後の戦争、つまり空襲の被害から免れたものが現在まで残っているようだ。

誠が幼い頃、父は祖父と家のことを話しながら、「古いんだから、立て直せば」などと言っていた記憶がある。

あの家に行くたびに誠はいつだって秘密基地のような、違う世界に入っているような感覚に胸躍らせていたのだけれど、そんな少年の父親である男は、「マンションに住みたくて」早々に生まれ育ったあの家を出たという話だった。

いずれにせよ、あの家を好きじゃなかったのは確かなのだ。

だが、このノートには、こういった建物の構造についても勉強していた形跡が見受けられ、いつ頃なんのためにこれを描いていたのか。

先週江ノ島に行ったとき、『星野写真館』の店主が「建物の写真を撮る人も多いけど、絵を描いている人も多いよ」と話してくれた。

もしかしたら、その一人が父だったのかもしれない。

そしてその写真館で、誠は仲が悪かったはずの祖父と父が撮った記念写真を見つけた。

ノートが、祖父の家の押入れから出てきたのも不思議だ。

暖かい日差しは、東京湾の上で固まっているのにはもったいないほどで、父のノートについて思いを巡らせているうちに、春の暖かさを充電し切った誠は、思わず欠伸(あくび)をした。

「後ろで寝れば」

ワタルがワゴン車の後ろを親指で示すと、伸びをしながら誠は振り返った。

改造してキャンピングカーのようになっている車内は、後部座席を外しフラットな部屋のようにあつらえてあり、敷き詰められたマットレスは暖かい日差しを受けている。ここにゴロンと寝っ転がるのはさぞ気持ちいいだろう。想像しただけで眠くなってくるほどだ。

しかし、いくら相手がワタルだといっても運転だけさせてこっちが眠っているというのは気が引ける。

「いや、いいよ」

「眠そうじゃん。オレはギリギリまで寝てたから」

一応遠慮を見せたつもりがそうさらりと返されて、なんだ待たせといて寝てたのかと思わなくもなかったが、ある程度予想もできていたので、じゃあ、と後ろに行きかけてフロントガラスの先を見ると、誠は浮かせていた腰をシートに戻した。

「おい、進んでる」

幸い、覚悟していたよりも早めに車の列は動き出し、木更津側に向かっていった。

「この辺だと思うんだけど、パーキングあるしここ停めよっか。誠、先に降りて」

誠はバックパックを肩にかけ、ワゴン車の助手席から降りた。

閉鎖された空間から解放され、ふう、と息を吐くと、自動的に新しい空気が流れ込んでくる。

木更津に来るのは初めてだったが、予想以上に空気が澄んでいた。

高い建物がないからなのか、海が近いからなのか、もう少し雑然とした町を想像していたのだが、はるかに空気が穏やかだ。

駐車場のあてがわれた枠を目指して行ったり来たり、ワタルが車を動かしている間、誠は父のノートを広げながら周囲を見回した。

最近取り壊されてしまったらしい『安室薬局』という看板建築の建物は、この辺にあったのではと思うのだが、何かしら前の姿を感じるような空間を探してみても見当たらず、誠は四方を見渡して「違うのかな」と呟いた。

眼鏡をクイと上げてもう一度ノートと見比べる。

父が描いたその建物のイラストは、まるで海外の映画に出てくる、それも近代以前の時代にあったような、白くクラシックな西洋風のデザインだった。

こんな建物がここにあったら、異世界というか、別世界の入り口のようなそこだけ独特の雰囲気を醸し出していただろう。

周りには民家や飲食店らしき建物が整然と並んでいて、それぞれかなり年季を感じるもので最近姿を変えた場所というのはどこにも確認できない。

見渡しやすい場所だが、何か見落としていないかと行ったり来たりを繰り返した。

「あなた、どこに行ってたの？　探してたのよ」

そう声が聞こえて誠が振り返ると、白髪を綺麗に一つにまとめ、眼鏡をかけた高齢の女性がじっとこちらを見ている。

無地のコットンのワンピースとキャンバス地のバッグは、派手ではないが上品なおばあさんの生活が伝わってきた。

もちろん初対面のはずだが、「あなた」のニュアンスは、誰かに呼びかけるときに使うそれよりも、特定の親しい人に使う愛情が込められているように感じて、誠の頭に小さく疑問符が浮かんだ。

「おばあさん、ええと、誰を、探してますか?」

きょろきょろと見回すと、遮るものがなくかなり先まで見通せるが、周囲には誰もいない。

「誰かって、なに言ってるのよ。いやだわあなた」

おばあさんは、今度は少し微笑みながら、そう「あなた」と言った。

そっと、チェックのシャツを折り返したあたりに手を乗せられてハッとする。

「すみません、誰かと間違われているようで、どうしようかな。交番とかどこかに……ちょっと待ってくださいね」

会話が嚙み合わない。

とりあえずワタルが降りて来るのを待つしかないか、と駐車場のあたりを見ながら、こんなことが前にもあった、そうだ、引越した日にハルちゃんが自分のことを祖父と見間違えたのだ、と思い出した。

ただあれは、祖父の家の前であったしハルちゃんだってまさか、という感じで口に出しただけで本気だったわけではないはずだ。

だがこのおばあさんは、まっすぐな、親しみのこもった視線を送ってくる。そんなにも「あなた」に似ているのだろうか。

誠がもともと大きな目をさらにまん丸くしていると、クックッと笑い声が後ろから聞こえてくる。

「おばあちゃん、誰探してるの？　旦那さん？」

車を停め、降りてきたワタルがニコニコと微笑みながら誠の横に立った。

誠がエッ?と、ワタルを見る。

「あら、よくわかったわね」

「ピンときましたよ。そっくりでしょ」

「え、そっくりって……」

目の前で繰り広げられる会話を、誠は目をまん丸にしたまま聞いていた。

どういうことだ？　ワタルはおばあさんが言う「あなた」を知っているのか？　なぜ？と、心の声がだだ漏れになるほど見つめていることに気づかない誠は、視線を受けて笑いを堪えられず、横を向いたワタルの顔を覗き込んだ。

「おい、どういうことだよ」

もう一度、改めてワタルに確認しようとしたところで、携帯電話の着信音が響いた。そこまで大きな設定ではないが、それでも静かな住宅地では十分すぎる音量だった。

よく聞こえてくるメロディではなく、ガラケーのちょっと懐メロのような音に即座に反応した誠は、デニムのポケットから携帯を出すと「あっ」と小さく首を傾げ、パカッと広げて耳に当てた。

「先に行ってて」というジェスチャーを受けてワタルはおばあさんを連れ立って歩き出し、誠も話しながら二人と少し距離を置いて続いた。

電話の相手は母で、

「どこかでかけたの?」

という第一声に、神保町の家に来ているということがわかった。

どうやら家の中を見回りながら電話をかけている様子で、畳を歩く足音と一緒に襖を開ける音がしたかと思うと、

「えっ、なにこれ、誰か友達でも来てたの?」

と疑いを帯びた声が聞こえてきた。

明らかに驚いた様子で、何かワタルの脱ぎ散らかした服でも見つけたのだろうか。

最後に部屋を出たのはワタルなので部屋がどんな状態か、わからない。

といっても誠は同居人にあてがった部屋を覗いてみたことは一度もないのだが。

電話の向こうに動揺を悟られないように、努めて平然と返事をする。

「ああ、うん。それでちょっとそのまま出かけてる」

「なんだ、話したかったのに。どこ行ってるの? 時間かかる? 何時頃帰るの?」

答える前に次々と質問されて、なんとなく木更津に来ているとは言えず答えになっているようないないような、曖昧な返事をした。

「ちょっと、友達といるから遅くなると思う」

「そうなの？　夜ごはんは？　食べて帰る？」

さらに矢継ぎ早に問われ、なんて答えようかと思っていると、おばあさんと話しながら振り返ったワタルと目が合った。

この男と帰宅して、母と三人で食卓を囲むことを想像してみる。

が、ものの数秒でそれは現実的じゃないという結論に達した。

「ごめん、食べて帰る約束してるから。またかけ直す」

母には、父のノートのことも言っていなかった。

いつまであの家に住めるのか、話はあの家を売ることについてだろうと思うと憂鬱の雲が胸を覆い出したが、誠はそれを追い払うようにパタンと二つ折りの携帯を閉じた。

小走りでワタルたちに追いつく。

「おばあさん、探してる人見つかったって？　思ったんだけどさ、もしかして記憶が曖昧なのかもしれない。俺のことあなたって言ってたし」

途中からは、ワタルに隠れておばあさんに聞こえないよう小声で言うと、ワタルはまたククッと笑った。

「ほんと、誠って冗談が通じないっていうか、なんでも信じるよな」

「？」

無言のまま「どういうことだ」と聞くためにワタルの腕に手を乗せると、

「冗談だって。誠が旦那さんの若い頃に似てるってさ」ワタルは、誠の肩をポンと叩いて歩き出した。

「なんだよ、そっか、冗談か。びっくりした」

誠が数日のうちにワタルの性格に気づいたのと同じように、ワタルも誠の特徴をすでに把握していた。なんなら初日から。

軽口を叩いたり、冗談を言ったりしても、誠には響かない。

きょとんとして、

「いったい、なんのことを言っているんだろう」

と言わんばかりに、目をまん丸にして見つめてくる。むしろ、冗談と受け取れず、傷ついてしまうことすらありそうだ。純粋といえば聞こえはいいが、世知辛い世の中で、ここまでそうやってこられたことが貴重なほどで、ワタルは、

「素直すぎだろ。いや、むしろそのままでいてくれ」そう呟いた。

木更津の、駅からもそう遠くない場所であるのに、遮るものがないので、視界の上半分は澄み渡った水色の空である。

土曜日だが、三人の足音が空に届きそうなほど、他に聞こえてくる音もなかった。

おばあさんは誠の横で、ニコニコ微笑みながら歩く。

「ほんと、そっくりだわ」

「旦那さんですか？　世の中には三人、自分にそっくりな人がいるって言いますよね」

頷きながら噛みしめるように言うと、おばあさんを挟んで向こう側を歩くワタルが言った。

「もう、六十年近くらしいよ。結婚して」

「ええっ、すごいですね！」

「な、ていうかおばあちゃんいくつ？　若すぎません？」

「本当だ。見えない」

二人の若者に若いと驚かれたおばあさんは、それを喜ぶ年齢はもう過ぎたとでもいうように、

「数字にするからそう思うだけで、あっという間だったわよ」

長い時間を生きてきた実感のこもった一言を口にした。

「今日ちょうどあの人の誕生日なの。だからこれからプレゼントを買いに行くところなのよ。この少し先」

おばあさんは、向かっている先にじっと目を凝らした。

「ほら、あそこよ。あの信号のところの角のお店」

そう、指さす方を、両脇から顔を寄せて二人の男が見る。

それらしき店の外観が近づいてくると、誠とワタルは同時に「おっ！」と声を出した。

「誠、ここって」

「たぶん、看板建築だ」

離れたところから見える後ろ姿からも独特のオーラを感じたが、目の前にすると、道の角を交差点に沿ってぐるりと多角形に構えていて、格別な存在感を放つ建物だ。

外を端から端まで見てみると、独特の歪な形だけではなく、鮮やかなグリーンのダイヤ型のガラス窓、中心部分にアーチのようなデザインが施され、そこだけ塔のように一段高く突き出した屋根など、一つ一つに建設当時のこだわりが感じられる。

大きな窓の向こうには、見たことのない、色とりどりのガラスの風鈴のようなものがずらりと飾られていた。

おばあさんは急に足取りが軽くなり、どこかで聞いたことのあるような古い歌謡曲か何かを、爽やかにハミングしながら中に入っていった。

続いてワタルも店内に消えると、誠はしばらくの間、塗りつぶしたような水色の空の下に佇む建物に、見惚れていた。

『金田屋（かねだや）リヒトミューレ』と書かれたネイビーの暖簾の下のガラスの引き戸に手をかけた瞬間、ガラス越しに中の様子が目に入ると、すでに胸のティンパニは鳴り始め、引き戸を

開けると、盛大に交響曲が流れた。

店内に入った誠は静かに興奮し、「こんにちは」と声をかけてくれた店主に挨拶をしながら、回転しているレコードに乗ったかのようにぐるりと店内を見回すと、「好きなものしかない」と心の中で喜んだが、実際にはしっかり口に出していて、ワタルはそれが聞こえると、そりゃそうだろと呟いた。

丁寧に保管されていたであろう、アンティークの雑貨が所狭しと、だが品良く並べられている。古いものではなく、長い時間、大事に保管されていた残しておく価値のあるものとして、次の持ち主との出会いを待っているようだ。

カップ&ソーサー、グラスなどの雑貨、愛らしい表情を浮かべる少女や猫の陶器の置物、文房具、すべて時を超えて目の前にあるもので、誠が夢中にならないわけはなかった。

外から見えた色とりどりのガラス細工には、色や形、大きさなどいろいろなものがあり、デザインごとに並べられている。

「リヒトミューレって言うんですよ」と、やってきた店主が教えてくれた。ドイツから輸入しているそうだが、ガラスの中に入っている小さな羽が光をエネルギーに回転する、オブジェなのだと言う。

「ここって看板建築ですよね。お店はいつからやってたんですか？」

思いきって誠が尋ねると、穏やかで優しい眼差しの中に、鋭さや厳しさを併せ持った店主は、建物と店の歴史について教えてくれた。

この建物を母親から譲り受けた店主は、母の時代から空き家にしていた時期も長かった建物を店舗にして営業するために、リノベーションを学び、自らの手で再生した。そのきっかけがリヒトミューレに出会ったことだった。光を受けて動くガラスのオブジェが、受け継いだこの建物と自分を、繫いでくれたのだという。

その店主——一目見た瞬間から、どこか祖父の若かりし頃と重なり、誠は密かにいつかその装いなどを真似しようと心に決めたのだった——の定位置であるカウンターは、ガラスのショーケースになっていて、時計や万年筆などが並び、誠はまた「うわあ」と歓声をあげながら引き込まれていった。

この店では、店主による時計の修理も行っているらしい。

それを聞いて誠は、止まった時間が再び動き出すような場所だ、と思った。

古いものが丁寧に磨かれ、修理、再生され、光を受けてまた輝き出すような、そんな空間にいると、誠の中にも何かの光が差し、ほんの一瞬、進むべき道が見えたような気がしたが、それはまたすぐに影に隠れてしまった。

光をつかんでおくのは難しい。

「ここ、ノートになかったかな」開いてみると、後ろの方のページに建物のイラストだけが描かれていた。

父が来たときは、おそらくまだここの営業をしていない頃で、だから店の名前など書かずに建物のイラストだけを残していたのかもしれない。

だが、営業を始めたことで建物には新しく名前がつき、空白の期間を経て、生まれ変わっている。

誠は店から出てくると、購入したグラスを一つ、そっとバックパックの中に入れた。欲しいものがありすぎて、あれもこれもと買いたくなったが、一つずつ、今度来たときにと吟味していって、最後に残ったグラスだった。

ワタルはまだ店の中にいるようで、先におばあさんが出てきた。

可笑しいのが、「絶対好きだろ」と興奮する誠を楽しんでいたワタルも、同じくらい夢中になっていたことで、誠が「古いものは嫌いじゃなかった?」と聞くと、

「古いから嫌いなわけじゃない。新しくても古くてもイケてるものは好きだ」と言い放った。

「すみません、もうちょっとで出てくると思うんで」

中の様子を見ながらそう言った誠に、おばあさんは包みを差し出した。

「あなたにプレゼント」

「え?　僕にですか?」

「ずっと一緒にいてくれてありがとう、あなたに会えてよかった」

おばあさんはそう言って微笑んだが、その「あなた」は、やっぱり自分のことではなく、かといって冗談にも聞こえず、誠は戸惑いながら包みを受け取り、礼を言おうと顔を上げた。

だが、そこにいたのは、さっきまでの品の良いおばあさんではなく、キラキラと輝く光を受けた少女のような若い女性だった。

眼鏡はかけておらず、太陽の光で茶色く輝くロングヘアは、ゆるくウェーブがかかり、心地よさそうに風に揺れている。凛とした眼差しだけがそのままだった。

誠は息が止まったように固まってしまい、声を出すこともできなかった。

女性の手が伸びてきて、誠の腕に触れた。

だが、そのときにはもう元のおばあさんに戻っていて、その手で誠の腕時計を自分の方に引き寄せると、

「もう、三時過ぎてるわ。行かなくちゃ」

そう言って来た方とは反対の道を歩いて行った。

誠は呆然と、去っていく彼女の後ろ姿を見送った。

長い時間が経ったように感じたが、実際には数分も経っていないだろううちにワタルが出てきた。

「ん？　おばあちゃんは？」

「……」

「帰っちゃったの？　なんだ、送ってくって言ったのに」

誠は何も答えずに、おばあさんが去っていった方を見ていた。

自分が目にした信じられない光景をどう捉えたらいいかすぐには処理できず、しばらくはそのアンリアルな世界に浸っていたい気もしたが、ワタルの言葉はそれをこじ開けた。

「誠、聞いてる？　衝撃なんだけどさ、さっきの車停めた場所、あそこがもともとノートに描いてた薬局があったとこだって」


駐車場だ。白い線で一台ずつの区画を記してある、ごく普通の駐車場だ。

ワタルのワゴン車も停めてある。

ノートのイラストと見比べる。ワタルはスマートフォンを掲げて、そこに保存していたかつて同じ場所から撮った写真を並べた。

「ここが、この薬局があったところ……」

「まじで全っ然、わかんなかったな」

このあたりだろうと思っていたが、まさかまったく気づかないまま車を停めていたとは。

探していた場所に立って、「どこだろう？」と周囲を見回していたさっきの自分が滑稽に感じる。

駐車場だから当たり前だが、車が出てしまえば本当に、何にもない。

「なくなると一瞬なんだ」

ここにあった歴史ある建物として有名だった安室薬局は、九十年以上もこの地に存在していたそうだ。

取り壊されてから、まだ数カ月しか経っていない。

だが、どんなに長い時間存在していた建物も、取り壊してしまえば一瞬で、跡形もなくなってしまう。

時間は残らないのだろうか。


ワゴン車の中で、しばらくどちらも話さなかった。

といっても、今まで最初に話し出すのはだいたいがワタルの方だったので、運転席から話題が提供されないと、会話が始まることはなかった。

空の青さはだいぶ薄まり、赤みを帯びたグラデーションができ始めていた。

東京湾の上を渡りながら、またしてもあまり車が進まなくなると、窓の外を見ながらワタルが言った。

「そういえばさ、何もらったの？　おばあちゃんに」

「あ、そうだった」

誠は、バックパックに入れていた包みを開けると、箱の中に、コロンと丸いガラスのオブジェが入っていた。

「リヒトミューレじゃん！」

運転席のワタルが先に反応した。

誠は、車の中で箱から出すのは危険だと思い、箱に入れたままそっとガラスに触れた。

本当は、これも欲しいと思ったのだが、あの家にいつまで住めるかわからないし、今はやめておこうと断念したのだった。

「スゲー、そんなのくれるなんて、まじで旦那さんに似てんのかもね」

誠は、最後におばあさんの若返った姿を見たことは、言わなかった。

瞬きしたら消えてしまうほどの刹那の出来事だったし、自分でもあれが現実だったと思えない。でも、確かに見えたのだ。

「六十年も一緒にいるとか、ヤバいよなあ、今の倍生きてもまだ足りないわ」

時間ってなんなんだろう。

この、二人で東京湾の上に漂っている時間が異常に長く感じるのは確かなのだが。

ふと、流れ作業のように手元で時間を確認しようとして、誠は「え、」とおもむろに腕を目の前に持ってきた。

「どした？」

「時間が止まってる」

腕時計を見たまま誠がぼそりと言うと、ワタルはハンドドルをポンと叩きながら同調した。

「それな。行きはまだよかったけど。まあ、土曜だからねー」

「そうじゃなくて、時計」

「ん？」

ワタルが誠の腕を、自分の方に引き寄せる。

「うわ、三時って、いつから止まってんだよ」

ＬＯＮＧＩＮＥの手巻きの時計の針は、三時を少し過ぎたところで止まっていた。

「あのときだ」

誠は、店の前でのあの瞬間を思い出した。

おばあさんが若い女性に見えたその時間。

刹那の出来事だったが、もしあのときで時間が止まったら、あの瞬間が永遠になるのだろうか。

「直さなきゃじゃん。行く前だったら、直してもらえたのに」

「いや、また行くからいいや」

「また行くの？」

「次行ったときに欲しいものもあるし」

「わかる。オレ、リヒトミューレ欲しかったわ」

「俺も」

ワタルも同じことを思っていたとわかると、言うつもりのなかったことが口をついて出た。

「あの家、どうせ売るしかないなら、少しの間でも住みたいって思ったんだ。売るのはしょうがないって。でも売ったら……」

その後を続けようとして、誠はやめた。

売ってしまえば、きっとすぐ取り壊すことになるだろう。そうすれば、祖父の家は跡形もなくなってしまう。

そのことはわかっていたつもりだったが、何も残らない、という現実を目にしたことで、さらに真実味を帯びた。

誠は抱えたままのバックパックに目を落とした。中にはおばあさんからもらったリヒトミューレが入っている。

光をエネルギーに動くリヒトミューレだが、一番よく動くのは自然光だと店主から教えてもらった。

家に帰ったら、一番日の光が入るところにこれを置こう。

誠は、どこがいいかとあの家の光の入る場所を一箇所ずつ思い浮かべて、気がせいた。

運転席のワタルが、大きく息を吐いた。

「腹減ったー。早く家に帰りてー」と言うので、誠は居候のくせに自分の家みたいにと思いはしたが、苛立ちはなかった。

「そうだな。なんか買って帰って、家で食べよう」と、素直に同意した。

【doorplate】
表札，標札，看板

4

『推しとアレルギー』

秩父へと向かう空色のワゴン車は、大きな少年を乗せた子ども部屋のようになっていた。

マットレスの上を、寝転がった誠が行ったり来たりしている。

眼鏡を外し、窓からの日差しに目を細めながら。

運転席のワタルがその様子をミラー越しに見ると、必要以上にゴロゴロと行ったり来たりしながら微睡(まどろ)んでいて、思わず笑ってしまった。

誠は、いつかこの部屋で思いっきりゴロゴロしてやると、密かに決めていたのだ。


週末の午前中から、こうやって二人で車で出かけるのは三度目になるが、ついに誠が、部屋のように改造された車内で赤ん坊のように遊ぶことになったのには、理由があった。

二週間前、ワタルがもらったというナビが壊れ、大きな地図でガイドすることになった誠が、ナビを直すよう何度も言っていたのだが、「オッケオッケ」と同居人は聞き流していた。

直した、といい加減に返事しながら、実はまったく直すつもりすらなかったことがバレると、「金ないし」と開き直ったワタルは、つい「なくても大丈夫だって」とスマートフォンのアプリで代用できることを言ってしまったのだ。

そんなことは言わずとも知っていそうなものだが、誠は今日まで、携帯は旧来の二つ折りタイプと決めていて、いわゆるガラケーと呼ばれるそれを愛用していた。

つまり、アプリというものにも疎く、ワタルは、誠が気づかないのをいいことにそのままにしていたのだが、自ら口にしてしまったことでそれがバレ、お詫びとして行きの道中寝ていていい、ということになったのだった。

とはいえ、「ここに寝てみたい」と、言い出すタイミングがなかった誠にとっては、ついに訪れた絶好の機会だった。

都心から一時間も走ると、窓の外の景色には緑が増えてきて、次第に山の匂いが吹き込んできた。

秋に来れば、きっと暖色系のパレットのような景色を楽しむことができるだろう。

春真っ盛りの今は、深くなっていく緑の勢いに押されるように車が進む。

誠はワタルに運転を任せ、ゴロゴロと部屋の中のように過ごしながら、フォークソングだったり懐かしい名曲だと思われる曲を鼻唄で歌い、またしても天気に恵まれた休日を楽しんでいる。

その様子から、隠していてもずっとこうしたかったことは明らかで、ワタルは「やっぱ誠、ウケるわ」と呟いた。

誠は、実のところ朝に弱かった。

仕事の日や決まった予定があれば起きるが、本当はゴロゴロと寝るのが好きで、二度寝も大得意だった。

許されるならいつまでもダラダラとしていたい。

「一日お休みがあったらなにをしますか？」という質問には間違いなく、そう答えるタイプだった。

それも含め、誠の性格には外見やパッと見の真面目で堅物そうな印象とは違うことが多く、密かにギャップの宝庫のような男であることに、運転中の男は気づき始めていた。

車が止まったタイミングで、見ていたスマートフォンから情報を得たワタルが声を弾ませた。

「おい、駅に温泉があるんだけど！」

「温泉が好きなんだな」

少しの間をおいて、誠が静かに否定でも肯定でもない返事をする。

江ノ島に行ったとき、温泉があると大興奮したものの行かずに帰ることになったのがよほど心残りだったのか、ワタルはことあるごとに次は必ずと繰り返していたのだった。

サウナならともかく、温泉好きというのは、ワタルの外見からはそれこそ意外に思えそうなところだが、誠は「見かけによらず」という枕詞を使うことがほぼない。

この外見だからこう、という、なんとなく誰もが判断基準にしていそうな一般的な感覚をあまり持ち合わせていないからだ。

「誠、温泉好きじゃねーの？」

そう問われると、別にどちらでもないとしか言いようがない。

もちろん、「嫌い」と言い切るほど苦手意識があるわけでもないが、特段飛び上がって喜ぶほど好きなわけではないというか。そもそもが面倒くさがりな誠は、ゆっくりしたい旅行先で、「最低二回は風呂に入る！」などという気合いや感覚が理解できず、ならば布団の中でゴロゴロする方がいいのだった。

ぬるま湯のようなワゴン車内の特等席で、思う存分ゴロゴロしている誠は上機嫌だ。

運転席からワタルの話が聞こえてきても、適当に相槌を打ってやり過ごしていた。

「オレの推し湯はねえ、」

全国の好きな温泉を南から順に連ね始めたワタルの声が子守唄のように心地よく響き、少しずつ小さく遠ざかっていったかと思うと、まだ九州地方の湯場を発表している時点で、誠はいつの間にか眠ってしまっていた。


テーブルの上に開いたメニューに、『クリームソーダ』と書かれているのを見つけると、静かな興奮が炭酸のようにプクプクと湧いてきた。

心の中はすっかり鮮やかな緑のグラスのことでいっぱいで、どんな姿でやってくるのかとあれこれ想像していると、

「おっ、クリームソーダがあるぞ！　誠」

肩を包むように力強く抱き寄せられる。

振り向くと、父が隣で笑っていた。

だが、父の姿は、まだ誠が子どもの頃のそれで、当時、長めのヘアスタイルと少し生やした髭を「父親らしからぬ」と、小学生になる前の息子は思っていたのだった。

「あの人と一緒に喫茶店に来たことあったっけ」

と思った途端、テーブルの上にはもう逆三角形の緑色のグラスが到着していて、「まだ頼んでないのに？」と思う間もなく笑顔で父がそれを飲み干してしまった。

空になったグラスを見て、無性に悔しくなったが泣くことはなく、諦念のような無の境地に変わっていった。

胸が締め付けられるような感覚とともに。

その瞬間、ゴロロロロッとワゴン車のスライドドアが開く音がして、誠は目を覚ました。

おそらく温泉をチェックするためワタルが駅へと消えていくと、誠はグルグルと首や肩を回したり、伸びをしたりしてストレッチした。

さっきまでも助手席に座っていたわけではなく、自由な体勢でゴロゴロ寝転がっていたのだから、あえて体を動かすこともなかったのだけれど、完全には目覚めてないというか、まだ半分、夢の中の感覚に支配されていたのだ。

ぼんやりとしていると、観光客らしき家族連れの子どもがトコトコと近づいてきて、目が合った。

誠がふっと口角を上げると、まだ歩き始めて間もない男の子が覚束ない足取りで、ピタッと誠の脚に抱きついた。頭のてっぺんが誠の膝上あたりで、こんな時代が自分にもあったんだよな、と人間の成長を不思議に感じる。

自分と同世代か、少し若いくらいの年の母親が、「すいませーん、コラ、もう」と子どもを連れ去っていくのを見送っていると、「そういう年だよな」と呟いた。

誠の近いところではまだ結婚した友人はいないが、少し範囲を広げるとやれ「何組のあいつが」「サッカー部の誰々に子どもができて」などと、チラホラ聞こえてくるようになった。

「どこに来ても馴染むな〜」

駅前の広場に座っていた誠の元に、ワタルが笑いながら戻ってきた。

子どもにくっつかれたことかと思ったが、ふと近くを見ると、年配の登山客のグループがすぐ近くまでやってきていて、誠は危うくその集団に吸収されるところだった。

皆、チェックのシャツに細身のデニムや動きやすそうなパンツをはき、しっかり持ち物を詰め込んだバックパックを背負っている。

登山客の格好は、誠にはとても馴染みのあるスタイルだ。

今日の誠は黒いTシャツにパンツと、昔友人に「影」と呼ばれたバージョンで、母のおさがりのブラウンのリュックだが、秩父は山間部なので、もしものときのためにチェックのシャツはしっかりその中に入れている。それさえ羽織ればすぐに隣の、山に向かうグループに合流できそうだった。

目的の喫茶店はワタルのガイドによると、ここから歩いて五分程度らしい。ガイドといっても、スマートフォンの地図アプリが、そのまま目的地まで案内してくれるわけだが。

駅前から感じていたが、週末の観光客はかなりの人数で、ガイドに案内されるまま進み、道がタイル張りになった商店街に入った途端、さらに増えた。

ものすごい人だかり、とまではいかないものの混み合っているというには十分で、通りにあるたこ焼きなど、すぐに口に入れられるものを買って食べ歩こうと思っても、少し待たなくてはならない。

「この曲がったとこ、か」

そう言って一足先に進んでいたワタルが道を左に曲がった瞬間、声をあげた。

「うわ、ヤバ。並んでる――」

ワタルに続いて曲がってみると、「すごい」と、誠も声が出た。

道を曲がって二軒目のその店に向かって、ズラリと客が列をなしているのだ。

彼らが入場を待つのは、ノートに描かれた絵の通りの建物だった。

『パリー食堂』は、正面はモルタル塗りで三階以上あるように見える高さで聳え、その中心にゴールドの切り文字で『パリー』の屋号が光っている。

これがとにかく圧巻で、面した道幅に対して高さがあるのか、正面の外観が珍しいからか、どうしても見上げるような形になり、聳えているという感覚になる。

「なんかディズニーっぽくね」

店の前に行列していることもあり、ダークグレーのモルタル塗りのなんともいえない風合い、コーニスや窓のデザインなど、どことなくヨーロッパの城のような店構えも相まって、アトラクションの入場前を思い出させた。

大きな金文字『パリー』の両脇にはシンメトリーに窓が二つ、その上には西洋風のデザインが施されているが、入り口は昔ながらのガラガラッと音がする引き戸に暖簾がかけられていて、店名は右から左に並んでいる。

そのミスマッチがここにしかないオーラを醸し出していた。

だが、このアトラクションも、すぐに入場するのは難しそうだ。

「ぐるっとしてからこよ。ちょうど昼だし混んでんのかも」

ひとまず建物は確認できたので、二人は商店街をぶらつくことにした。

誠は小さいとき、入っていたボーイスカウトのような少年団で一度、秩父の方に来たこ

とがあった気がするが、ほとんど記憶にない。

だが秩父、という名前は聞き馴染みがあるので、やはり多くの人が訪れる場所だからよく耳にしていたのだ、と人通りの多い商店街を散策しながら思った。

何より、古い趣のある街で、何か透き通るような気分になる。

昔よく、祖父が「ここは気がいい」などと言っていたのを思い出した。今思えば、場所自体の持つ力のようなものを指していたのだと思う。

本当にあるのかわからないが、目に見えない気分のようなそれを、祖父は時々、口にしていた。

突然それを思い出したのは、まさに「気がいい」場所にいると感じたからで、歩いているだけでなんだか浄化されていく気がする。

そんな神聖な気分になる場所を、ワタルは、初めて会った日にすずらん通りを歩いたときと同じように、ピンポン球みたいに道を右に行っては弾かれるように反対側へ、次はまた斜め前へと自由に歩いていた。

そうして脈略なく経路を変えて、真ん中を歩いている誠の元にやってくると、

「誠、神社ある」と、報告した。

ワタルが神社に関心があるというよりは、誠好きだろ、というような口ぶりだ。

ここはそうか参道だったのかと納得している誠を置いて、ワタルはスタスタと車道を渡

り、秩父神社へと入っていった。

中へ入ると、だいたいの神社がそうだが、最初に想像していたよりはるかに広い敷地で、奥へと誘導された。

案内の看板を見ると、ここがかなり由緒ある神社だというのがわかる。

本殿は最近修復したのか、色鮮やかに塗り直されていた。

何かというと「金がない」と言って誠に支払いを任せるワタルは、もう癖になっているのか、本殿の手前まで来ると「誠〜」といつものように向かってきたが、さすがに賽銭を他人にもらうのは気が引けたのか、途中でくるっと踵を返し戻っていった。

だが、本殿の前で二礼二拍手一礼。横で丁寧に参拝する姿は、どこか高貴な感じすらしてくるのが不思議だ。

いやいや、一度たりとも財布を開くことなく居候しているワタルだよ。と思いながら、その男の横に立ち、誠も手を合わせ目を閉じた。

どういう縁かはわからないが、隣で手を合わせる男と祖父の家で一緒に暮らしている。この居候がどこか似ているからなのか、あの家に住んでいると、生きていた頃よりも父を感じることがある。

理解できなかったし、わかり合っていたわけでもないが、憎んでいたわけではない。

好きだった祖父と仲違いしているものと思っていたが、そういうわけでもないようだ。

突然、事故で失ってもうこの世にはいないのですと言われても、誠にはまだ現実味がないのだった。

もともと長期間会わないことも多かったのだから、そのうちヒョイッと現れて「誠、」とまたあちこち振り回しそうな気さえする。横にいる男のように。

そうだったら、どんなにいいだろうかと、誠は目を閉じたまま思った。

安らかに眠っていますように。

車中で見た夢のせいだろうか。閉じた目が潤むのがわかり、しばらく目を開けることができなかった。それは、「事故に遭い死亡した」と連絡を受けてから数カ月経って、初めてのことだった。

長い参拝になってしまい、並んでいる人もいるのでバツが悪く、誠は不自然な動きで横にずれた。

ワタルの姿が見つからず、鮮やかな色で塗られた本殿の虎や龍の装飾を眺めていると、背後から手がすっと伸びてきて、「御守り買うから金貸して」と誠の頬をつねる。

えいと雑に振り払い、「御守りも自分で払った方がいいんじゃないの?」と言うと、ワタルは誠の横にピタッと寄って「金ないし」と笑った。

神社をぐるりと一回りして、商店街を通り、『パリー食堂』に戻ってくると、人はまばらで、ほとんど待たずに中に入ることができそうだった。

それでも店の周りには、建物や、年代物のショーケースに入った食品サンプル、暖簾などに小さく歓声をあげたり、思いの外見応えのあるものを発見して興奮したりしている観光客がいる。

ショーケースにずらり並んだ食品サンプルは、看板メニューのオムライスや、餃子、丼に入った麺類などが一堂に会し、これらもかなり年季が入っている。それでカメラに収めていく観光客も多いのだろう。

写真を撮ったり、じっとショーケースに見入ったりしている誠に、ワタルがスマホを向けたが、それには気づかず、ブツブツと呟きながらガラスの向こうに集中している。

ワタルはククククッと小さく笑いながら、今度は密かに動画モードに切り替えた。

「すみません、ちょっと写真撮ってもらっていいですか？」

いくら撮っても飽きない誠の撮影にワタルが夢中になっていると、カップルらしい若い男女がスマートフォンを手渡してきた。二人とも二十代前半くらいで、しかも格好はワタル寄りの今っぽい男女だったので、ワタルは仲間を見つけたように「なんで撮ってるんすか？」と聞くと、彼女の方が「たまたま通りかかったら、めちゃめちゃ可愛い建物があったから」と顔を見合わせ頷いた。

何枚か撮ると今度は彼氏の方が「撮りますよ」と近づいてきて、ワタルが「じゃあ」と、スマホを渡したが、何かを待っている様子でレンズを向けようとしない。

「ん？」と視線を送ると、彼氏はそれを受けて視線を誠に移した。二人で撮ってやるというこ とのようだ。「ああ、」と何かを理解したワタルが誠を呼び、並んで撮ってもらった。

「めちゃお似合いっすね」という言葉に誠はきょとんとしたが、ワタルはスマホを受け取りながらニヤリと笑って若い男に礼を言い、誠の肩に手を回した。

「重いって」誠は、なぜか一人笑いを嚙み殺しているワタルの腕を猛烈な勢いで外した。


テーブルの上のメニューに、『クリームソーダ』と書かれているのを見つけると、静かな興奮が炭酸のようにプクプクと湧いてきた。

心の中はすっかり鮮やかな緑のグラスのことでいっぱいで、どんな姿でやってくるのかとあれこれ想像していると、

「クリームソーダある、誠」

ワタルがニッと微笑んだ。

そのとき、誠はあることに気がついた。

席に座ってから今まで、ずっとじんわりした記憶の雲が近づいてきてはすり抜けていくようで気持ちが悪かったのだが、ようやくぴったりと手応えを持ってハマった。

この店内、壁の色、天井、テーブルの模様……見覚えがある。

車の中で見ていた夢と重なっていたのだが、あれは完全な夢じゃなかったと確信した。

ここに来たことがある。

おそらく、かなり幼い頃だったのだろう。

一度見たら深く印象に残っているはずの外観の記憶がほとんどないため気づかなかったが、もしかしたらギリギリまで眠っていたか何かで、見ていなかったのかもしれない。

暖簾をくぐり、席に座って初めて、じわりと滲むように頭の中にさっきの夢とよく似た光景が浮かんできたのだった。

いつも車で出かけるときは家族三人だったが、そのときは母がいなかった気がする。ここに座ったのは父と二人きりだった。横に並んで座ったはずだ。

そのとき父は、店内を見回して「なんかここ落ち着くな」と、誠の頭にポンと手を置いた。

「じいじのお店に似てる」

「へえ、そうか？　ここの方が全然大きいけど、そうかもな」

「ボク、じいじのおうちが好きだよ」

そう、やりとりしたのを思い出した。

祖父のことを誠が「じいじ」と呼んでいたのはかなり小さい頃だから、記憶が抜けていたんだろう。

そして、そのときの父の表情を記憶から引っ張り出そうとする途中で、ポンポンと横から肩を叩かれた。

「誠！　ここさ、今じーちゃんと孫でやってんだって。三代目と四代目」

誠が一人、夢と記憶の中をさまよっている間に、ワタルは店主に話を聞いていたようだ。運ばれてきたクリームソーダにストローをさしながら言った。

「今、運んでくれたのが四代目だって。で、あの厨房で作ってるのがじーちゃんらしい。三代目」

ワタルが、料理を出すために開けられた壁の小さな空間を、クリームソーダを持つ手全体で指した。

その小さな窓の中に、厨房で鍋を振る店主の姿が見えた。

頭髪や髭は真っ白だが、鍋を持つ手はしっかり力強く、八十近いそうだがバリバリ現役という頼もしさだ。

四代目だという青年は、店内を行ったり来たり、小さな窓から三代目が作った料理を受け取っては、テーブルに運んでいる。彼はどうして、祖父の店を継ぐことにしたのだろうか？

もし、今祖父が生きていて、あれくらい元気だったらどうだったろうか。自分も一緒に店をやり、継ごうとしただろうか。

誠は、祖父と孫で切り盛りしている店内の様子を見ながら、思いを馳せた。

昨年、誠が二十四のとき祖父は亡くなったが、九十過ぎまで生きてくれた。ということは、思えば祖父も八十くらいまで現役だったのだ。

そのとき自分が今の年だったら、と想像してみる。

実際には、祖父が店を閉めるとき誠は中学生で、寂しくはあったが継ぐとか継がないとか、まだそんなことを考える年齢ではなかった。

父は祖父が高齢になってからできた息子だったから、自ずと祖父と誠の年も離れている。

「おじいちゃんは昭和初期の生まれだし、戦争も経験しているからね、他の親たちとはだいぶ感覚が違ったんじゃないかな」

戦前戦後で四十も年が離れていると、親子でも性格以前に理解し合えない部分があったらしいと、以前母から聞いたことがあった。

それもあって、父は古いものが嫌いだったり、家から出たいと思ったりしたのだろうか。

「ほら、なんでも好きなもの頼んで。パパのおすすめはオムライスだけど」

誠が、今となっては知ることのできない、父子の関係を想像していると、隣の席から親子の会話が聞こえてきた。

チラッと見ると、高校生くらいの女の子とその父親のようだ。女の子は、だらんとあからさまにだるそうな様子で椅子に座っている。

「なんでもいいなら推しのライブに行きたかったんですけど」

「そう言うなよ。じゃあ、パパの推しのオムライスにするか」

「……はあ〜」

会話を盗み聞きするわけではないのだが、すぐ隣なので娘の盛大なため息まで聞こえてきてしまう。

誠は、逆三角形のグラスに入ったクリームソーダを飲みながら、幼いとき、二人でここに座った自分たち親子は、どんな風に映ったのだろうと思った。


ワタルが運ばれてきたオムライスの卵をスプーンで切り分けようとしたときだった。

「ミナ！　どうした？　大丈夫か？」

突然、隣の席の父親の柔らかな話し声が、叫びに変わった。

誠とワタルも振り返る。

女子高生くらいの女の子が、胸のあたりを押さえていた。

「どうした？　苦しいのか？　おい！」

女の子は胸を押さえたまま、力なく頭をテーブルに乗せた。

「大丈夫ですか？」

ワタルが椅子から腰を上げたときには、誠が女の子の横で、肩に手を添えていた。

「アレルギーかも……」

誠に問われ、女の子が微かな声を発した。

「なんのアレルギー？　お父さん、わかりますか？」

「いや、昔は卵のアレルギーがあったけど……もう大丈夫になったはずなんだけどな。この前も食べてたし。おい、ミナ、もうアレルギーなくなったって言ってたよな」

オロオロと慌てる父親に、苦しそうな娘は答えない。

「僕、救命の資格持ってるんで、すみません、失礼します……」

誠が、手首から脈を取り、あれ？　と思ったところで、目をつぶり苦しそうに椅子の上でうずくまっていた女の子が、バッと飛び上がった。

父親も誠も、後ろの方から様子を見ているしかなかったワタルも、何が起こったのかすぐには飲み込めず、呆然としている。

「ウソウソー、びっくりした⁉」

「ミナ？」

「もう、パパ驚きすぎだって！　ウケるー。お兄さんたちまで巻き込んじゃってるし！」

「嘘……だったのか？」

「ウソっていうか、昔の癖で苦しいかも、って思っただけ。ダイジョーブだったー」

誠はしばらく黙っていたが、ホッと息を吐き、ミナと呼ばれている女の子からゆっくり離れた。

「なんだ、狂言ってことか」ワタルは椅子に座り直し、誠が立ったまま水を飲んでいるのを横目に、オムライスに添えてあるポテトサラダを口に入れる。

「ご迷惑をおかけしました」

娘の父親が、深く腰を折り頭を下げた。

「大丈夫ですよ。よかったです」

誠は、父親の肩に触れ、頭を上げてもらうよう促しながら微笑んだ。

だが、頭を上げても父親の険しい表情は変わらず、丸く色白な顔がキュッと縮まったように見えた。

「皆さんに謝りなさい」と、低く唸るような声で娘に向き直る。

「あっ……」娘は、父親の表情から、推しのライブに行けないちょっとした悔しさでやったことが、想像以上に大ごとになってしまったことに気づいたようだった。

だからといって、すぐに方向転換して謝ることができないときもある。むしろ、誰もが自分の失敗に気づいたときすぐに謝れるなら、すべての争いはなくなるんじゃないかと思うくらいだ。

「ビビったー。このお兄さんさ、冗談通じないからめちゃ本気で心配してたよ。キミもビビるよね、いきなり『救命の資格持ってます！』とか言われてもね」とワタルが茶化すように笑ったが、誠はそれが女の子のためだとわかっていたので、何も言わなかった。

「ごめんなさい」ワタルのいい加減な助け舟に女の子はうまく乗り、父親もやっと息をついて、もう一度、誠に頭を下げげた。

「オムライス、美味しいよ」バツが悪そうな女の子と目が合ったので、誠が言った。

とはいえ、まだ自分も少ししか食べていない。

さあ、と薄焼き卵とチキンライスを納得のバランスでスプーンに取ると、ズイッと女の子の顔が近づいてきた。

「うわわわ」と、反射的に仰け反る。

「ね、お兄さん、メガネ取っていい？」

「え？」誠は、クイと身を起こしながら、拒否の代わりに眼鏡を直した。

「だって、後ろ姿じゃ全然気づかなかったんだけど、お兄さん実はめちゃ顔良いですよね」

「顔良い？」

「イケメンです！　そっか、さてはこのメガネで隠してますね！　私の推しにちょっと似てて。だから取ってみても？」

「ちょっと、」

女の子の両手が向かってきて、誠は背中からグイと反った。

女子高生の勢いは、さっきまで救命の使命にかられていた男には反応しきれず、これまでの冷静さが嘘のように気圧(けお)されている。

「はいはい～そのくらいで」

スプーンを置いて、ワタルが二人を引き剝がした。

「えっ？　なんですか？　メガネくらいいいじゃないですか。減るもんじゃなし」

「この人、女性アレルギーなんで。ごめんね」

「えーっ？」

ミナは「ウソでしょ。そんなわけない！」と言いたそうではあったが、自分がやったことの手前強く出るわけにもいかず、すごすごと席に戻った。

それを横目で確認した誠が、

「別に。違うけど」と呟くと、「知ってるわ。いいから、食え食え」ワタルが誠のオムライスを綺麗にすくい、食べさせた。


「あ～、ウマかったー。パパ、ごちそうさまでした～」

ワタルが、満足そうに伸びをしながら店を出ると、その後ろに誠が続いた。

「すみません、いいんですか？　ご馳走になってしまって」

「もちろんです。こちらこそご迷惑をおかけして申し訳ありませんでした。本当に」

父親が娘を促すと、ミナは誠の横にピョンと跳ねるようにやってきて、謝る代わりに「推していいですか？」とスマホを向けた。

「俺撮っても何にもならないから。あ、ワタルは？　芸能人みたいだし」

「それは否定しません。二人ともイケてます。ていうかむしろあっちの方が。でもあたし、いかにもって人、ダメなんですよね。隠れてるのがいいんです。見つけたー！って感じがするじゃないですか」

「って言われても……」

ワタルはポケットに手を突っ込んだまま、だるそうに誠たちのやりとりを見て、「温泉行こうぜー」と呼びかけた。

ミナの父親が、それを聞いてハッとワタルを振り返る。

「そうだ、看板建築を見にこの店に来たって言ってましたよね。銭湯ありますよ。確かあれも看板建築なんじゃなかったかな」

「エッ!?　ここから行けます？」

「ええ、歩いて五分くらいかな」

「まじか、誠、そっちに変更していい？」

変更も何も、誠はもちろん、温泉に行く気はなかったが、それを聞くと応じないわけにはいかない。

秩父神社を過ぎて、国道を渡り五分ほど歩くと、モルタル塗りのシンプルな建物が見えてきた。

派手ではないが、グリーンと白のストライプのオーニングテント、右から左へ並んだ赤い浮き文字の屋号は、なんともいえないレトロな可愛らしさがある。

「あったあった！　たから湯！　銭湯イイっすね」

モルタルの正面にあまり装飾はしていないが、横を見ると、木板張りの壁が露出していて、れっきとした看板建築であることがわかる。

かなり風情のある脱衣所でトップスを脱いだところで、ワタルはミナの父親が横にいることに気づいた。案内だけのはずが、一緒に入っていくことにしたようだ。

外観はもちろんだが、中に入ってもワタルと誠の歓声は止まらなかった。

浴槽の奥の壁面には富士山が描かれ、木造の壁や天井は、ターコイズブルーで塗られていて、見上げると、今では珍しいという唐傘天井がどこまでも高く広がる空のようで、屋外にでもいるような気分になる。

誠とワタルと、ミナの父親は三人で男湯に入った。

「ねえ、パパー！　どんな感じ？」

女湯からミナの声が聞こえてきた。誠たち以外に客がいないのをいいことに、銭湯を完全に家族風呂化している。

「ふー。いい気持ちだよ。富士山が見える」

「いや、お風呂のことは聞いてないわ。誠くんだよ」

呑気な父親の答えに呆れたように、ミナが言った。

「なんだそれ、変態か！」

笑いながらワタルが女湯に向かって叫ぶと、向こうからも笑い声が返ってきたが、誠だけは真剣に「深い意味はありませんので」と、ワタルの発言について、隣で湯に浸かる父親に頭を下げた。

父親はそんな誠を一瞥すると、突然スイッチが入った。

「服の上からではわからないもんだな。思ってたよりガッチリしてる」

「ええ～っ！　パパ、マジで？」

父親からの予期せぬ報告を受けたミナは、アンティークガラスの仕切りの向こうで大興奮した。

「パパ、ちょっとどうしました⁉」

ワタルが、割って入ろうとしたが、無駄だった。

「なかなかいい身体ですね。誠くんは何か運動とかやるんですか？」

「いえ、まったく。中高は柔道部でしたけど。ああ、あとジムで働いてる友達がいるので、時々行くくらいです」

「柔道部かあ、意外だなあ。強いんですか？」

「いえ、一応、黒帯ですけど」

「それはすごい！　だから細身なのに筋肉質なんですね。私もジム行こうかなあ」

部外者の乱入を許さない、まるで娘の彼氏と父親のような会話を展開している。

「父さんも結婚するなら、誠くんのような男がいいなあ。さっきみたいに、いざというとき頼りになるような」

ミナの父親は、冗談か本気かわからない表情でバシャバシャと湯を顔にかけ、ふーっとひと息ついた。

薄い仕切りの向こうから、ミナが、ほぼ乗り出してきそうな勢いで「パパ最高」とはしゃいでいる。

「ははは、こいつ冗談通じないんで、な」

ワタルが、どういうわけだか誠を婿候補にまで推し始めたミナの父を制そうとしたが、誠は、湯の中から爽やかな色をした唐傘天井を見上げると、

「結婚かあ、僕もそろそろいい歳だし」

遠い目をしてターコイズブルーの空に思いを馳せた。

「は？　まじでどうした？　いい歳って、いつの時代だよ」

なぜ一番動揺しているのがワタルなのか、誠は可笑しくなって「冗談だよ」と笑った。

ワタルは口を開いたまま、「そんな芸もできたのか」と飼い犬に驚く主人のように、呆然としながら浴槽の隅の方へ移動し、「なんでオレがもやっとしてんだ」と呟いた。

ミナたちと別れ、パーキングに向かっていると、空の色はもう一日の終わりを教えていた。

風呂に入って温まったことで体内時計が夜だと思い込んだのか、眠くなってくる。

「帰りたくねー」

ワタルが言った。

「なんだそれ?」

「飲みたい気分なんだよ。でも飲んだら帰れねーじゃん」

「帰って飲めば?」

「今飲みたいんだって。なんか眠いし」

それは確かに誠も同じだった。車中泊もできるのだから、どっかに車を停めて飲み、明日の朝帰るのもいいかと誠も思いかけたが、明日は母親と会う約束をしているのを思い出し、家主の権限で今日は帰ることに決めた。

コンビニでコーラを買って車に乗りこんだ。

家に着いたら、ワタルが車を停めている間に、誠が酒を買ってくると約束して。

「結婚とか、全然考えらんないわ」

高速に乗ると、ワタルが銭湯での話を蒸し返してきた。

「だから冗談だって……」そう言いつつ運転席を見ると、なぜかワタルがおもしろくなさそうな表情をしている。

「結婚っていうより、家族……親子とか、やたら目につくようになっただけだよ」

誠は口の中に炭酸を感じながらコーラを飲んだ。

「ああいう、いろいろ話せる父親っていいよなあ。とかさ」

「まあ、息子と娘じゃ違うんじゃん。オレも、」

そう言いかけて、ワタルはすぐにやめてしまったが、いつも彼がそうするように、誠は特に聞き直すことはしなかった。

「今日の喫茶店さ、パリー食堂。行ったことあったんだ。昔、父親と」

「ふーん」

「行って思い出したんだけど。なんであの店に連れてったんだろ。落ち着くって言ってたんだ。古いのが嫌で、じーちゃんの家、出て行ったのに」

ツラツラと、自分でも整理できていないことが流れ出てくる。

運転中の男が、何を言っても特別な反応をすることがないので気楽なのか、もう話すことのできない父に似ているからかはわからないが、誠はなぜかワタルには独り言のような話までしてしまう。

「すごいよなあ、じーちゃんの店継ぐなんて。俺がもうちょっと……」

そのまま、誠の声は途切れた。

ワタルはしばらく黙って続きを待っていたが、あまりに間が長すぎるのでチラッと横に視線を送った。

「誠？」

誠がスースーと寝息を立てて眠っていた。

「なに寝てんだよ、コーラで。行きも帰りも寝てんじゃん！　起きろ起きろ」


ワタルの声を微かに聞きながら、誠は夢の中にいた。

父とパリー食堂に行った、あのときの続きだ。

「ボク、じいじのおうちが好きだよ」

幼い誠が言うと、父は、驚いたように振り返った。

驚きは、照れたような困ったような表情に変わり、最後にほんの少し、笑ったように見えた。

その一瞬の表情を思い出して、誠は気がついた。父は、本当はあの家が嫌いではなかったのだろうと。

5

『星空と祭り』

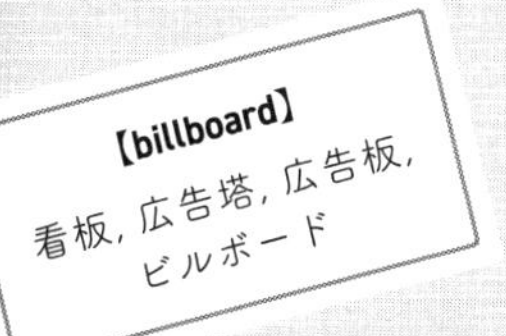

「誠くんは、ワタルさんのことどう思ってるんですか？」

ひっそりと問う声量とは裏腹な鋭い視線に圧されて、誠は、二十センチほどの距離まで迫った目の前の女子から視線をふいと逸らした。

シースルーバングの間から覗くつるんとした額、その下の丁寧にカールした睫毛、今日出会ったばかりの女子大生は、派手ではないが今っぽさは押さえていて、壁際まで追い詰められた誠は、珍しく困惑した表情を浮かべる。

「どう思ってるって言われても、どうも思っていないというか……」

答えにならない言葉を口ごもりながら、グランピングのロッジの真新しい木目にジリジリと寄りかかり、なんでこんなことになったんだっけと、ここまでの経緯を思い返していた。

父のノートに描かれた看板建築を回っているうちに、いくつかの建物が、集中して地方の同じ町にあることに気がついた。

そもそも、看板建築と呼ばれる建物は、関東大震災の後に建てられた復興建築の元祖といえ、東京の都心部、どちらかというといわゆる下町に多く存在していたのだが、その後、日本各地の大火などの後に、その技術を伝授した職人がいたのだという。

だから、東京以外でもまとまって立ち並んでいる地域があり、父のノートにも、一つの建物だけではなく、街並み全体を描いている場所があった。

「茨城の石岡に行ってみたいんだけど」

ある夜、風呂上がりの誠が、次はどこに行くかと問われそう答えると、珍しくいつもと反対に、ワタルの方が目を見開いて驚いた。

「オレもそう、思ってたわ」

二人で祖父の家だったここに住み出してもうすぐ三週間が経つが、すっかりここでの生活に馴染んでいた。

この家の構造上、それぞれ部屋が二階にある二人は、別の部屋といっても襖で仕切られているだけで、ほとんど同じ部屋で生活しているも同然だった。

だが、不思議とそれで不便だったり煩わしい思いをすることもなく、また必要以上にお互いの部屋を訪れたり、干渉し合うこともなかった。

おそらく、誠の方が早く起きて一日を始める生活リズムなのだが、夜間に眠れない、目を覚ますなどのトラブルも一切ない。もしかしたら、ワタルは大音量で過ごすタイプなのではという誠の予想に反して、物音もほとんど聞こえないほどだった。

ワタルについて、初めはなんて軽くていい加減な男だと思っていたのだが、日常生活を送ってみて面倒だと感じたことは、ほぼなかった。面倒くさがりな誠にとっては、そこが幸いしたのかもしれない。

正直に言うと、想像していたより何倍もこの生活は楽だった。

「でさ、石岡にキャンプできるとこあるんだけど、行かね？」

キッチンの冷蔵庫から取ってきた、ペットボトルの水を手渡しながら、ワタルが言った。

誠が湯上がりに飲むのは水と決まっていた。

ワタルがそのまま、自分は缶ビールを飲みながら横に座る。

ペットボトルの蓋を開けながら誠が聞いた。

「てことは、向こうで一泊するってこと？」

「土曜に行って、建物は日曜に見るのは？　見てここ、キャンプってゆーかグランピング、こんな施設がちゃんとあって便利なのよ。まあ、車で寝ても全然いいんだけどさ、ここ新しくできたらしくて、めちゃ良くない？」

「グランピング……」

「ほら、そしたら日曜は午前中ゴロゴロして、建物は午後、ゆっくり見ればいいじゃん」

誠が面倒くさがりで、積極的にキャンプなどをするタイプではないと知っているワタルは、誠がひっかかりそうなツボをうまく押さえて、提案した。

誠は、まだ乾き切っていない髪で、水を飲みながらしばらく考えていたが、居間のローテーブルの上で、ワタルに最新型のスマートフォンでどんな場所であるか見せてもらうと、

「いいよ」と承諾したのだった。

筑波山の麓にあるグランピング施設に到着したのは、土曜の午後三時を過ぎたあたりだった。

マットな空色のワゴン車から降りると、それより少し鮮やかな青空に包まれた。まだまだ力を持った日差しに、いつの間にか日が長くなっていると感じる。

敷地のすぐ隣は、季節ごとに様々な花を楽しめる公園になっているらしく、そこに向かう観光客も多いようだ。

オフホワイトのゲルのようなテントが並び、中心にはドーナツのような形状の宿泊施設が建っていて、中は、家族連れや女子グループなどで賑わっている。

二人はチェックインすると、自分たちの宿泊するテントへと向かっていった。

誠が、自分たちが他の客と何かが違うと気づいたのは、若い女子グループなどがキャッキャとはしゃいでいる中、誠たちに気づくとしばらく黙り、通り過ぎるとまた騒ぎ出すということが何度か続いた後だった。

彼女たちは、だいたいが、いろんな場所、物、それと組み合わせた自分たちに、スマートフォンを向けては切り取っているのだが、そこをなんともチグハグな青年二人が通ると、いったん動きを止めて、視線を送ってくる。

「なんか、浮いてない？」

だが、ワタルは気にしていないのか、「だって誠ちゃん、テント建てるとか、車内で理由もなく寝泊りするとか、メンドクセーって嫌がんじゃん。これくらい揃ってないと。ほら、着いたよ」と、誠の肩を引き寄せた。

円錐のように張られたテントの中は、想像より広い空間だった。寝袋が置かれ、ゆったり座れる椅子の間には、テーブルまで置いてあって、足元は暖かそうなマットが敷かれている。

早速、快適そうに座ったり寝転んだりしているワタルを見ると、誠も、まあいいかと寝転んだ。

そもそも誠も、あまり人目を気にする方ではなかった。

夕食は、テントの横のロッジでバーベキューなのだという。

それまでは散歩に出るも、テントの中でゴロゴロするも、自由に過ごせばいい。

誠は、なかなかいい週末になりそうだと、前に使ったのはいつだっただろうと思いながら、寝袋を一瞥し、モゾモゾとその中に入ってみた。

あったかく、それだけで気分の良くなる安心感に包まれて、いつの間にか眠ってしまっていた。

どれくらい眠っていたのだろう。楽しそうなはしゃぎ声と、肉の脂の食欲をそそる匂いで、誠は目を覚ました。

寝袋に入ったまま、見渡せる限りテントの中をチェックしたが、ワタルの姿は確認できない。しょうがなく寝袋から出ると、念のため、もう一つの寝袋もチェックしてみたが、そこはまだ使用前の状態だった。

「どこ行ったんだ」

再び、はしゃぎ声が聞こえてくる。女子の高い声に混じって、聞き覚えのある声を確認すると、誠の耳はまるで草食動物のそれのように、ピクッと反応した。

テントを出ると、誠は、クイッと眼鏡を上げて前方を見た。すぐ先のロッジで、ワタルがグリルに向かっていた。

いつも家では何一つ料理を手伝ったことのない居候が、手際よく色とりどりの野菜や肉を焼いている。肉の焼けるなんとも魅惑的な音が響き、美味しそうな煙の中心から、ワタルがトングを持った手を上げた。

「めっちゃ良いタイミングで起きてくんじゃん。ちょうど肉焼けたとこ」

それと同時に、両脇にいた若い女性二人が、誠を見て、微笑む。

「お邪魔してまーす。私たち、隣のテントなんです」

「一緒に食べよってて、ワタルさんに誘ってもらって」

誠は、ペコリと頭を下げると三人のいるロッジに入っていった。

「あ、こっちのショートヘアがメイちゃんで、こっちがののかちゃんね。二人とも大学生で、このあたりが地元なんだって」

「メイが東京の大学で、私はこっちの、地元の学校なんですけど」

「近いんで、ののかに会いたくて帰って来ちゃって。週末は一緒にいることが多いんですよね～。ウチら、めちゃ仲良くて」

誠は、三人の輪には入ったものの、どうしたものかと手持ちぶさただったが、グリルの上に目を落とすと、すぐに役割を見つけ、トングを手に取った。

「ワタル、そっち、もう焼けてる。野菜、ピーマンも焦げてない？」

「まじで？　やべ、ちょ、誠、こっちやって」

「うん。肉、もう全部いいから、二人に取ってあげて」

誠たちのやりとりを、じっと女子大生たちが見ている。

「誠くん、言ってた通り、めちゃくちゃ可愛い」

「ハハハ。でしょ？　コイツ可愛いのよ」

誠は、あからさまに表情を曇らせた。可愛いという言葉は年下の彼女たちから受ける言葉ではないと考えているからで、

「いや、可愛くはないよ」手際よく、野菜たちを並べ直す。

「まあまあ、今どき、可愛いって言われて不機嫌になんの、誠くらいだよ」

二人のやりとりに、さらにメイは沸き立った。

「あ、この二人の感じ、萌えです。正反対に見えるのに仲良くて、実は誠くんの方が強い感じとか、いい〜」

と言いつつ、そういう彼女たちもまた、毎週会うほどの仲良しにしては見た目があまり似ていない。

双子コーデ、などという揃いの格好をする仲良し女子たちも多い中、二人は言われなければ一緒のグループという認識もしないほど、服装などの好みが違うように見える。

ショートカットのメイは、ストリート系のモード誌などに出てきそうな、スレンダーでボーイッシュなスタイルが似合っている。

一方、ののかはカットソーに濃いインディゴのデニムと、服装こそ地味目だが、セミロングのヘアスタイルは、あまりカラーリングしていないものの、前髪はシースルーバングでうっすらと巻いてあり、誠などから見たら、かなり今っぽい。

「でも離れてるのに毎週会うとか、まじで仲良いんだね」

ワタルは、まだ表情の硬い誠を見ると、野菜をパクッと口に入れながら話題を変えた。

「今度、メイが留学するんです」

「だから、それまで少しでも一緒にいたくて。今のうちにいろんなとこ行ったりしようって。ののかが昔から花屋になるのが夢なんですよ。それで、隣のフラワーパークに行こうってことになって、まあそこは前にも行ったことあったんだけど、ここは初めてだから泊まってみようって」

「花屋か」

「留学ってどこに？」

誠はののかの夢が気になり、ワタルはメイの留学話に食いついた。

「待って、当てるわ……えっとね、ロンドン！」

「え、なんでわかったんですか⁉」

メイとワタルはノリが合うのか、今日初対面とは思えないほど、盛り上がっている。

誠は新しい肉をグリルにのせながら、「はい」と、別のトングで、焼けたとうもろこしをののかの皿に近づけた。

だが、ののかはそれに気づかず、じっとワタルを見つめている。少しして、ハッと我に返ったように目の前の黄色くこんがり焼けた円柱を目に留めた。

「コーン、嫌い？」

「あ、好きです。いただきます」

「うん、はい」

誠は、またワタルを見つめるののかの皿に、ほどよく焦げ目のついたコーンを入れた。

バーベキューをするのは嫌いではないが、後片付けにどこか寂しさが漂うのはなぜだろう。最後まで食べられることのなかった野菜の残骸や、たまたまタイミングを逃して黒焦げになってしまった肉の炭をグリルの端に寄せていると、どこか、祭りの後のような気分になる。

片付けに集中していて、気がつくとワタルの姿がない。

というより、テントの外はすっかり夜になったデッキに、誠と、ののかしかいなかった。

「あいつ、何やってんだ」

なぜか誠が焦っていると、「さっき、メイがテントに取りに行くものがあるからって、ついて行ってもらってましたよ」

ののかの言葉にホッとしたものの、ということは、こちらも彼女と二人だ。

年齢的に上であるこちらから話題を振らなくてはならない。と、反射的に誠は思った。これも、よくわからないこだわりだった。

誠は、さっきの話で記憶していたののかの夢を思い出した。

「花屋が夢って言ってたけど、小さい頃からずっと好きなの？」

「実家がケーキ屋なんです。それで、小さい頃から隣で花屋さんをやるっていうのが夢だったんですけど、でも、今はなんとなく、自分だけのお店を持ってみたいかなって」

「すごいね」

「地元が好きだから、大学卒業したら県内でお店やりたいなあって思ってますけど、でもまずはどこかに修業に行った方がいいかなあ、とか」

「俺は、店のこととかはわかんないけど、昔からやりたいことがはっきりあったわけじゃないから、そういうの、いいなって思う」

物静かな印象だが、自分の将来をしっかりと考え、強い意志を感じるののかを、誠は羨ましく思った。

自らを思い返してみると、自由奔放であちこち飛び回っていた父と比べて、母は教師で、地に足のついた生き方をしている。自分には、父よりも母の歩んでいる道の方が向いているように思い、というより、父のような生き方をしたくないという理由で、大学に入り、早い段階で公務員になると決めていた。

その意思通り、あまり苦労した自覚もなく市役所勤めをしているのだから、それはそれで満足すべきことなのだと思うが、達成感や充実感があるかと言われれば、そういうわけでもなかった。

かといって、虚しさを感じるほどかと言われればそこまでではなく、安定した毎日は向いていると感じる。

誠は、将来の話なんて語り合ってしまい、それでもまだワタルたちが帰ってこないので、気恥ずかしさも相まって、手持ち無沙汰になった。

「どうしたんだろうね、二人」

「テント、遠いんだっけ？」

「見に行ってこようか？」

二人でデッキのイスに座りながら、気まずくならない程度に声をかけていたつもりだったが、さすがに間が持たない。

「いったい、どこで何やってるんだ」解散するにしてもとりあえずワタルが帰ってこないことには、と探しに行こうと立ち上がると、すぐ近くにあるののかの気配にハッとした。

「どうしたの？」

「誠くんは、ワタルさんのことどう思ってるんですか？」

ひっそりと問う声量とは裏腹な、鋭い視線に圧されて、誠は、二十センチほどの距離まで迫った目の前の女子から視線をふいと逸らした。

「どう思ってるって言われても、どうも思っていないというか」

「なんとも思ってないってことですか？」

「なんとも思ってない……それはそうだけど、」

なんとも思ってない、という言葉の意味が引っかかり、返事が曖昧になってしまった。

変な言葉だな、と思う。が、今はそれを考えている状況ではないようだ。

「でも、一緒に住んでるんですよね？」

「いや、それはアイツが住むとこないっていうから」

さっき、二人はどういう関係なのか、と問われて、ワタルが「一緒に住んでる」と平然と言い放ったのだった。

「でも、友達じゃないんですよね？」

それも、ワタル発の情報だった。

「それって、いったいどういう関係なのかなって思って」

なぜこんな壁ドンまがいの状況になっているのか、誠はグランピング施設の真新しいデッキの柵に身体を委ね、ふと、どうしてワタルだけ「さん」づけなんだ。大学生ってことは年下なのに、俺が「くん」で呼ばれるのはどういうことだろう。と、どうでもいいような、しかし彼にとっては大事なことに気を取られていた。

誠は男女関係なく、年齢の上下を気にするタイプだった。重要視する方と言ってもいい。古くさいといえばその通りだが……。

と、今は敬語や敬称うんぬんの話を考えている状況でもない。

誠は、さっきまでののかの様子から、思い当たりそうな推察を述べてみた。

「もしかして、ワタルのことが気になるとか？」

「エェッ!?」誠だけでなく、言った本人も驚くくらいの声量で、ののかは叫んだ。

「あ、ごめんなさい。大きな声出た。なんでですか？」

「なんでって、だから俺との関係が気になるんじゃないの？」

「はい？　全然違います！」再び、テントを突き抜け、澄んだ夜空にののかの声が響いた。

「あ、そうなんだ。ごめん、ワタルのことどう思うかって聞くから、そういうことなのかと」

「そういうことじゃなくて、だから、つまり一緒にいて不安にならないかなと思って」

「不安になるって？」

ののかは、二人が戻ってくる気配がないか、ちらっと見遣った。

「メイは幼馴染で、昔から仲がいいんですけど。全然違うタイプじゃないですか。私たち」

「まあ、そうなのかな」

さっきの大声はどこへやら、どんどんボリュームが下がっていく。

「中高のときとかも、みんなになんで二人が仲いいのかわかんないって言われたり。あんなにメイはキラキラしてるのに……時々、私と一緒にいていいのかなあ、って不安になって」

「へえ」

気の利いた、適当な返事をすることができない誠は、そうポツリと返すしかできなかった。というのも、誠は、そういう類の悩みを持ったことが一度もない。

正反対の両親に育てられたせいかもしれないが。

「誠くんは、不安になりませんか?」

「そもそも友達じゃないし、お互い目的があって一緒にいるだけだから……」

誠は、そう答えたものの、じゃあ、ワタルは、自分にとってどういう存在なのだろうか。

友人というのとは違うと、一番に外したが、それ以外で何かと言われると、他にぴったりの関係性を指す単語は見当たらない。

そういう関係性と、『どう思うか』というのは、また別なのだろうか。

ワタルについて、そんなことを考えるのは、初めてだった。

「なんの話？」

まさにその話題の男の声がして、二人が帰ってくると、ののかが、メイに駆け寄った。

チラと何かを訴えるように、誠に視線を送る。

その視線が何を訴えているか、それくらいは誠にもわかった。

「なんでもないよ。そっちこそ、遅くない？」

「そ？　いろいろ持ってきてるっていうから、取りに行っただけだけど」

メイは、菓子やワインの入ったカゴを開けた。

メイとののかが帰ると、ロッジを出て、二人で深くなった夜の空を見上げた。

見える星の数が半端じゃない。水玉模様のように散らばって、星ってこんなにたくさんあるものなんだ、と思うほどだ。

「もったいないな」と誠が言うと、「ん?」と、言葉の意味がわからずワタルが振り返った。

「一度に見るにはもったいないってこと」

「ああ」と意味はわかっても、同意はしかねるような調子で、ワタルがまた空を見た。

星に願いを、と言うが、誠はあまり強く何かを願うことなくここまで来た。

それは幸せなことなのかもしれないが、願うほど強い望みを持ったことがないと考えると、寂しい気もする。

将来の夢にしてもそうだ。地道な生き方を選び、特に冒険もしないまま今に至るが、この先も、このままでいいのだろうか。

平凡、平穏に、ずっとこうやって生きていくのだろうか。

「夢とかあった?」

思わず、隣の男に聞いてしまうと、「ん?」と、ワタルがさっきよりさらにいぶかしげな表情を浮かべ、こちらを見遣った。「なんでそんなこと聞いてくんだ?」とでも言いたそうな顔だ。

「星に願いごととかよく言うでしょ。そういうやつ」

「ないない」

笑いながら予想通りの答えを返す。

「楽しく好きなようにやれれば、それでいいんじゃん」

二人とも、こうありたい、と願うほどの強い意志がないということなのだろうか。

そういった、強い意志を持つほどのことに、まだ出会っていないのだろうか。

見た目は正反対の二人だが、そこに関しては似ているのかもしれない。


テントで迎える朝は、想像以上に清々しかった。

誠は、一度起きて、用意されていた朝食をとると、チェックアウトギリギリまで、テントの中でゴロゴロして過ごした。

「お、来た来た」

テントを出ると、ワタルが、メイとののかと話していた。女子たちは、昨日とはまた上下違った服を着て、髪もきっちりセットしている。

純粋に、誠は尊敬した。

「じゃあ、こっちなんで、どうもありがとうございました～」

そう言ってテントを後にする二人を見送り、ワタルと連れ立って歩き始めると、「送らなくていいの?」と誠は聞いた。

「今からフラワーパーク、行くんだって」

それぞれ、ここから目当ての場所に向かうのだ。

空色のワゴン車を、石岡駅の近くに停めた。

父のノートによると、これまでの建物と大きく違うところは、看板建築が歩いて回れる範囲にいくつも集中して建っていることだ。

ノートを見ながら歩き出す。中町通りを目指して細い道を進んでいると、民家などを通り過ぎた後で、あれ、と二人は後ろ歩きで戻った。

正面だけモルタルで塗られた建物は、柱や軒裏など、ヨーロッパの神殿を思わせる装飾が施されていて、少し斜めから見ると、すぐに木造部分が確認できた。

「ここ、そうだよね」

店名であろう、入り口の上に『四季』と書かれてはいるものの、現在は営業していないようで、ガラスの扉の向こうには、喫茶店だったと思しき薄暗い店内が見えた。

少し先の大通りに出て、左に曲がる。

そこがお目当の中町通りだったようで、そのあとは、おもしろいように次々に見つかった。

「あれ、ここは?」「ここもじゃね?」「あ、あっちもそうだ!」と、ボーナスステージでアイテムを獲得するときのように。

看板建築を見ることに慣れてきた二人は、建物を正面から、横から、離れたところから確認した。

こんなにいくつもの看板建築が一つの通りに並んでいるのは、もちろん初めてだ。秩父のパリー食堂は、商店街の道幅に対する建物の高さなどから、遊園地のアトラクションを彷彿とさせたが、石岡の中町通りと呼ばれるここは、いくつものレトロで趣向を凝らした建物が並んでいることで、また別のテーマパークのような雰囲気がある。

だが、看板建築自体はいくつもあるが、実際にシャッターが開いている、つまり現役で営業してる商店はほんの何軒か、という状態だった。

喫茶店の『四季』、『十七屋（じゅうしちや）履物店』、『森戸文四郎（もりとぶんしろう）商店』、などはそれぞれ異なる味わいを持った看板建築だが、現在、営業している様子がない。

シャッターの閉まった十七屋履物店の隣には、久松（ひさまつ）商店という父のノートにも大きく描かれている建物があるのだが、どうだろうか。覚悟して入り口に向かうと、営業している様子で、誠はホッと息を吐いた。

ファサードと呼ばれる店の正面には、『久松商店』と縦に浮き文字で並んだ屋号が目立つ。その上部は、アーチ状に西洋風の門のような装飾が施され、それが、細かい幾何学模様のレリーフでデザインされていた。

店内に入ると、和風のテキスタイルの布小物が並んでいて、布製品を中心に取扱う雑貨屋のようだ。

「すいませーん」

入って声をかけると、出てきた店主は、若く華やかな印象の女性で驚く。

ということは、代々継いできた親族かと思えば、ここを店舗として借りて、『すずめや』として営業を始め、もう十三年くらい経つそうだ。初代の久松商店を承継した子孫の方から借りているらしい。

「この町の出身だけど、ここが看板建築って呼ばれる建物なんて、店を借りた後、営業し出してから知ったのよ。地元の人は、みんなそんなもの」と、笑いながら話してくれた。

「同じだ」と、誠は思った。あの祖父の家が、そんな風に呼ばれる建物だとは、ほんの数年前に知ったのだ。

この町はもともと若い人が少なく、誰か、店舗を借りる人を探していて、店主に声がかかったという。

一つの店を、十年以上も守ってきたとは思えないほど、軽やかで若々しい店主と話していると、ドアが開き、「おーい、来たよー」といった様子でお客さんが訪れる。

「お客さんっていっても、ああやって話しに来る人ばっかりよ」と、店主は笑った。

お店で販売しているものというより、ここをオープンした後に始めた、法被など祭りの装いの仕立てを請け負って製作するのが、大きな売り上げとなっているという。

というのも、この町には、関東三大祭りの一つがあるのだ。

誠は、それならば、と期待を込めて聞いた。

「他にシャッター閉まってるお店も、そうやって貸したりしないんですか？」

「借りたい人はいるのよ。でも、シャッターは閉まっていても、人が住んでいるから」

そうか。看板建築の多くが商店と一体になっていて、まだ存在している建物は営業こそしていないものの、住居として、主人の生活拠点になっているのだ。

店舗部分だけを貸すといっても、トイレや玄関など最低限の生活空間は借り手と共有することになってしまい、それは現実的に難しい。

多くの看板建築の持つ、住居であり商店である、という魅力の一つが、皮肉にもネックになってしまうということなのだ。

かといって、住人つまり主人は、概ね高齢である。

店舗部分を貸し出すために修繕したとしても、その修繕費を家賃で回収するまで生きていられるかわからない。経済的にマイナスになる可能性の方が高いという課題があり、今の状態に繋がっているのだという。

『すずめや』ですら、始めて一、二年は、いつ辞めようかといつも思ってたと言う。それでも続けたのは「若い人がどこまでやれるのか、みんなが見てる気がしたから」だと。

絶対にやれるところを見せたかった、と話してくれた目は、小柄な外見からは想像もつかないほど強く、逞しさを感じた。

誠は、ふと、ののかを思い出した。彼女もいつか、この店主のように夢を叶えるのだろうか。


中町通りは、脇道にもいくつか看板建築がある。さらに、それらの看板建築と同時期に建てられた、違う建築様式の建物も並んでいるのがおもしろい。

夢中になって歩き回っているうちに、ぐううと腹が鳴り、時計を見ると午後一時をとっくに過ぎている。ちょうどそこに出汁のいい香りが漂ってきて、その香りの出所を突き止めると、二人は吸い込まれるように入っていった。

看板建築ではないが、かなり昔に建てられた趣ある佇まいが、その発信源のようだ。

店先には、この通りの多くの建物と同じく、『登録有形文化財』の碑が建てられている。

「すいませーん」誠が引き戸を開けた。

「ここで食べよう」と先に入っていった誠に、後ろからワタルが「ソバ、ダメだったよな?」と声をかける。ここは蕎麦屋のようだ。

「そうだけど、なんか天丼とか、そういうのあるかなと思って。ここで食べてみたいから」

「ああ、そういうこと」

中に入ると、確かに厨房の方から熱気が立ち上がり、出汁の香りも漂ってくるものの、誰もいない。

「え？　やってるよな。すいませーん！」二人が交互に叫んでも出てくる気配はなかった。

「ま、いっか」

ワタルは入り口に近い大きな木のテーブル席に着くと、歴史を感じる店内をぐるりと見回した。

「待ってりゃ来るでしょ。鍋、火にかけてるじゃん」

特に視界を遮るものがなく、チラと覗けばすぐに見える厨房は、ワタルが言うように客がいつ来てもいい状態だ。

「もう、出汁の匂いでソバの腹になってるし」

誠もワタルの向かいに座ろうと、椅子を引きかけたところで、「いらっしゃいませー」とエプロンをした年配の女性が、玄関以外にいくつかある扉――それは室内のどこかに繋がっている――を開けて、入ってきた。

『おしながき』を見ると、期待通り丼のメニューもあったので「よし」と小さく誠は喜んだ。

先に注文したワタルに、年配の女性が、「うどん、そば？」と聞いていて、誠は、「あ、うどんって手もあるな」と、一瞬迷ったが、誠の腹もすでに丼ものを待ち構えていて、それに従うことにした。

「にしても、このあたりって昔の建物がすげー残ってんだな」

注文を終えたワタルは、店内を見渡しながら感心するように言った。

古いものが嫌いなはずの男は、運転手の役割を超えて、積極的に週末のツアーに参加している。どうやら、彼も建物を見ることを、少なからず楽しんでいるようだ。

もちろん、居候の条件にこのツアーは組み込まれているわけだが、単にそのためだけに付き合っているようには見えなかった。というのも、ワタルは日頃興味のないことにはまったく関心を示さず、それを隠そうともしないので、モチベーションが一瞬でわかるのだ。

ワタルは何かと父に似ていることが多く、彼が驚いたり熱心に建物を見る様子に、誠はもしかしたら、父もこんな感じだったのかもしれない、と想像したりした。

父のノートには、まだまだ行ってない建物があるのだが、看板建築の並んだこの通りを記したページはかなり印象深かったので、来ることができてよかったと誠は思った。

すべてのページを見に行くことは、難しいだろうから。

「そういえば、昨日メイちゃんに、誠とどういう関係なんだって、聞かれたわ」

神保町へと向かう帰りの車内で、ワタルが眠気覚ましのガムを口に入れると、そう言った。

「え、そっちも?」

思わず、こちらの話もバラしてしまった。ワタルも驚いたように、「そっちもってことは、誠も？」と、笑う。

「友達じゃないのに、一緒に住んでるって言ったからだろうね。確かに、変に思うかも」

誠は、昨夜寝袋に入って考えたところ、不思議に感じるのも無理はないかもしれないと思ったのだった。

だが、『どういう関係』というのは、やっぱり難しい言葉だと思う。

友達、家族、恋人、兄弟、などといろいろ名前のついた関係はあるが、それに当てはまらないものも、たくさん転がっているんじゃないだろうか。

「例えば、毎日夕飯を作ってやる関係。毎日、風呂を沸かしてやる関係……？」

「ははは、文句じゃん」

「金払わないってわかってても、一緒に住んでる関係。これって友達より濃いんじゃない？」

「だから文句な」

ここぞとばかりに不満を明らかにしてきたなと、笑っていたワタルが止まった。

「ワタルは友達なのか、もう。いや、友達を飛び越えたのか？」

真剣に悩んでいる誠の横顔は、前を向いていてもなんとなく目に浮かび、ワタルの口元が緩む。

「……まあ、一言で言うとルームシェアしてるとしか、」

「居候」

「はいはい」

「まあ、それももうちょっとで終わるし」

誠の言葉に、ワタルが一瞬、助手席を見た。

「ていうか、俺も、もうあそこには住めないけど」

「どーゆーイミ?」

「売ることに決まりそうだから。先週、母親から聞いたんだけど」

さっきまで眠そうだったワタルの目は、しっかりと開いて前を見ていた。

ナビを見ると、都内に出るにはもうしばらくかかりそうだ。

ワタルは、アクセルを少し強く、踏み直した。

6

『コーヒーと日本酒』

【appearance】
外観,出現,容姿,
様子,姿,看板

さっき口に入れたばかりの眠気覚ましのガムを硬そうに嚙みながら、ワタルは、助手席の誠に聞いた。

「売ることに決まったって？」

「買い手が決まりそうだって言ってた」

「売る、でいいわけ？　てか、展開早すぎん？」

「まあ、取り壊さずに、残してくれるってことらしいから」

「ふーん……」

誠は、窓の外に目をやった。二人の乗った空色のワゴン車は、すでに黒い闇のような夜に包まれている。

ワタルは、味のしないガムを嚙み続けた。


家に着く前に、腹が減り、二人でチェーンの牛丼屋に入った。

神保町のあたりは、土日は休みの飲食店も多く、そういうとき、赤やオレンジに光っているお馴染みの看板が目に入ると、ああよかった、これで腹を満たすことができると感謝する。

自動ドアを入ると、入店を知らせる機械的なメロディが響き、それを合図に中から「いらっしゃいませ！」と、男性の声がした。

二人とも、並を注文すると、あっという間に目の前にオーダー通りの料理が置かれる。

「いただきます」と声には出さず手を合わせると、誠は箸を割った。

安定の味だし、このスピードなのだから満足感しかないのだが、どこか満たされない感じがするのはなぜだろう。

何か、通り過ぎていくような、身にならないような感覚は。

誠は、目の前の簡易的な、使いやすさや店側のオペレーションを重視して並べられた紅生姜や一味などを見つめながら、それを自分の丼に入れようとしてやめた。

ふっと、横に並んだワタルが、食べる作業を中断して、何か思い出したように笑った。

「何?」

「いや、誠、昼も夜も同じようなもん食ってんな」

そういえば、昼に石岡で、ワタルは天ぷらそばを食べたが、蕎麦アレルギーのある誠は、親子丼を食べたのだった。

口に入るもの以外があまりに違いすぎて気がつかなかったが、確かにそうだ。

「さっきの話だけど、売るっていつ?」

「ん? ああ、家の話? まだいつ売るって決まったわけじゃなくて、とりあえず見にくるらしい。再来週のどっかとか、言ってたかな」

「じゃあ、来週はまだいいんだ」

「ああ、たぶん。もう一回、ちゃんと聞いとくよ」

そう言うと、誠はプラスチックのおもちゃのようなコップに入った水を、一口飲んだ。

「来週、どこ行く？」ワタルも食べ終えたのだろう、座っている回転椅子を、右に左にひねりながら、聞いた。

「ああ、考えとく」

頻繁に、入り口を通過するメロディと、それに続く店員の声かけが店内に響き、次々に客が入ってくるが、満席になることはない。同じくらいのペースで、丼を空にした客が立ち上がり、無言のまま去っていった。

客の入れ替わりの流れの中に、食べ終わってもしばらく二人は留まっていた。誠の腹が小さく鳴った。空腹を知らせるサインではなく、早くも消化を始めたような音だった。

「行こっか」誠が言うと、隣のワタルも小さな回転椅子から降りた。


平日の夜は、定時で帰宅した誠が夕飯を作っていると、だいたいハルちゃんがやってきて、おかずを追加してくれ、絶妙なタイミングでワタルが合流し、食卓に着く。

それから寝るまでの間は、二人とも思い思いに過ごしながら、適当なタイミングで風呂に入った。

誠は湯船に浸かる派なので、風呂は毎日掃除し、沸かす。ワタルは気の赴くままに、とはいえ、誠が入った後どこかで自由に風呂を使った。

出勤日は七時前には起きるため、寝る前はほとんど水しか口にしない誠だが、その夜は、居間でコーヒーを飲もうとしていた。

すると、「いい匂い」と言いながら、風呂から出てきたワタルが入ってきて、湯上がりのタオルをかぶったまま、吸い寄せられるように、マグカップに顔を寄せた。

「ドリップバッグだけど、飲む？」

誠は、予想通り答えがイエスだったワタルのために立ち上がりキッチンへ行くと、

「じゃ、オレがこっちもらう。淹れたて誠飲んで」

ワタルが、誠のマグカップを手に取った。

「誠、夜コーヒー飲むの、珍しくね？」

「あんまり、眠れなくなるから」

明日も仕事なのだが、なんとなく、飲みたい気分だったのだ。

「え、コーヒーで眠れなくなるとか、一回もないんだけど？」

そう珍しいことのように言うと、ワタルは、コーヒーに細い息を吹きかけた。

「今度、淹れてやるよ。車の中でハンドドリップしたの、外で飲むのサイコーだから」

引き戸の向こうのキッチンに向かって、ワタルが言う。

「ワタルも好きなんだ、コーヒー」

「コーヒーって香りがサイコーだと思ってたけど、味も最近ちょっとずつ。ていうか今まで苦くて飲めんかった」

ワタルの口から出る子どものような言葉に、沸いた湯を小さなコーヒーの山に注ぎながら、誠はふっと笑みをこぼした。

別のカップに淹れた新しいコーヒーを持って誠が居間に戻ってくると、ワタルのカップのコーヒーは、まだそんなに減っておらず、フーフーッと規則的に息を吹きかけカップの中を冷ましている。

やっぱりな。はっきりと聞いたわけではないが、おそらくワタルは猫舌なんだろう。毎回、熱いものを口にするときは、特に液体の場合、かなり慎重になる。

それも、父親と同じだった。

二人とも、自由奔放でなんでもすぐに手をつけてしまう性格の中で、そこだけ遠慮気味なのが、浮き上がってくるように目立つのだった。

髪が乾いてきたのか、ワタルは頭にかけていたタオルを、首元まで下ろした。

シルバーの髪は、出会った頃より少し伸びただろうか。まだ水分を含んだ前髪は、綺麗に通った鼻の先端くらいまで覆っている。あれから三週間は経ったわけなので、当然のことだが。

人生のほとんどを短髪で過ごしてきた誠の場合、そのくらい経過すると切りたいとウズウズしてきて、一カ月を過ぎると、次はいつ切りに行こうかと考える。

今回も、そろそろだなあと思っていた。

「そうだ、」誠は棚に置いてあったノートを取ると、パラパラとページをめくり、ローテーブルの上に開いた。

建物のイラストの中に、トリコロールカラーのポールが映えていた。

「今度の土曜、ここは？　理容所って書いてある」

「おん、いいよ」

コーヒーをフーフーする合間に、ワタルは快諾した。


東京都は、全国的にみても面積の狭い方ではあるが、実際には認識しているよりはるかに広く、時々、そうかここも東京なんだと嬉しくなるような場所がある。

誠は、平日は都営線で、神保町から西に向かい一時間弱の場所にある市の駅まで往復しているが、それでも、日頃限られた世界の中で生活しているのだな、と感じる。

山々の緑の深さや、木々の香り。

西多摩にやってくると、そろそろ五月を迎えようとしているが、吹いてくる風はまだ冷たさを含んでいて、人々の熱気で蒸し暑さすら感じる都心とは、別の国だと言ったってよさそうに感じる。

ワタルが運転し、誠は助手席に。ナビは運転手のスマートフォンだが、万が一に備え、助手席の横には、いつも大きな地図を入れてあった。

雨男、雨女、などという言葉を信じる二人ではなかったが、あの家からどこかへ向かうとき、一度たりとも雨に降られたことはなく、空と同化しそうなこの青いワゴン車に乗って、今回もそろそろ目的地に到着しようとしていた。

「この辺、みたいだけど……」と、ナビに示されたポイントと窓の外を交互に見て、誠が知らせる。

すると、大きな通りを曲がり少し入ったところに、横長の建物が少しずつ、姿を現した。

「あっ、ここだ」

ノートに描かれているのと同じ建物の前で斜めに回転するポールが、その色で、理容所だと知らせていた。ただ、その建物の誇りに満ちた存在感は、目印であるポールがどこか可愛く見えるほどで、「ここもスキだわー」と車から降りたワタルは、正面からぐるりと見渡し、横顔まで確認すると、テーマパークに来た子どものように笑った。

モルタル造りの店は、正面に『藤太軒理容所』と、一文字ずつ正方形の枠で囲われた筆文字の屋号が横一列にずらりと並び、インパクトを与えている。

看板建築は、通常ファサードと呼ばれる建物の正面、いわゆる看板部分が、後ろに隠れる家屋よりも高く造られているのだが、ここはモルタルの正面を越えて木造の日本家屋が造られていて、看板部分に乗り出したような状態になっている。

それが今まで見てきた看板建築とは少し違って、印象的だ。

といっても、二人で見に行った建物は、それぞれその周囲の環境も違えば空気の匂いも違う中に、そこにしかない個性をまとって佇んでいた。

そしてどれも同様に、その土地の景色となっているのだった。

ひとしきり外観を見て回ると、誠はガラスの入った木製の扉を開けて、中に入った。ワタルもその後ろに続く。

二人はまた、嘆声をあげながら、店内を見渡した。

四方すべてが初めて見るものというか、今では見ることのできないようなものばかりだった。

大きな鏡、それとセットであつらえられた棚、用具入れ、洗髪用の台、入り口近くに置かれたブラシなどを殺菌するガラスのケースは、レトロ好きが見ると堪らないだろう、可愛いフォントで『ナショナル』と書かれている。

「こんにちは」と出てきた店主に、誠が躊躇うことなく「相良です」と言ったので、予約していたことを知らなかったワタルは、えっ、と小さく驚いた。

最初から、ここで髪を切ろうとしていたのか。

店主は、「ハイハイ」と待っていてくれたような様子で、二人が店内を一つ一つ見物している間も、ニコニコしていた。

「そこでスリッパに履き替えてください」と言われ足元を見ると、そこまでの三和土(たたき)から、一段高い、年季の入ったフローリングになっている。

店の正面から見た奥側に、壁に綺麗に収まるように設計された、大きな鏡と一体になった棚が、なんとも言えない風合いを醸し出している。その前には、二台の専用の椅子がゆとりを持って置かれていた。

「そんなに新しいヘアスタイルはできないんだけど、いいかな?」と、微笑みながら聞かれると、鏡ごしに誠は、頷きながら首を傾げた。新しいヘアスタイルは最初から希望していないという表情だと、ワタルには通じ、フッと、小さく吹き出した。

店主は一瞬、動きを止めたものの、

「そろそろ切りたいなあって思ってて、せっかくだからここに来たかったんです」

誠が建物の話をすると、ああそうか、と納得したような様子で施術にかかった。

この空間で髪を切ってもらうためにやってくる客は、誠の他にもいるのだろう。

最初は、ガラス扉を入ってすぐ、順番を待つ客が座るスペースから様子を覗いていたワタルだが、許可をもらったので、靴を履き替えフローリングに上がる。

キシ、キシ、と、一歩踏みしめるたび、年季の入った木の床が音を立てるのが心地いい。

壁にきっちり収まった大きな鏡は、まるでこの空間にあるすべての存在を拾い、映し出すようだ。

誠は、眼鏡を取った。

クロスに包まれ、顔だけ出した状態の誠は裸眼だが、ちょうどよく光が入り視界がとてもクリアなせいか、すぐ後ろで見ているワタルと目が合うと、ちょっと眉間にしわを寄せたくらいで認識できた。

お互いなぜか気まずくなり、視線を逸らした。が、大きい鏡のせいで、よっぽど意識的に視線を避けていない限り、度々それはぶつかったので、だんだん可笑しくなってくる。

夫婦で営業しているらしく、奥さんである女将も出てきてくれた。

二人とも、昔の理容所のような白衣を身につけていて、建物の雰囲気とも相まって、どこかタイムスリップしたような気分になる。

何より、正面のたくさんの窓から日光がたっぷり差し込み、足元からは木の暖かさが伝わってくる。大きな鏡は、外の景色まで映し込み、どこか暖かい温室にでもいるような感覚に包まれた。

髪を切るという定期的に訪れる日常は、新しい自分を連れてきてくれるものでもあり、今の誠にとっては、それが必要だったのかもしれない。

切り終えた鏡の中の誠を見ると、ワタルは「ボクもいいすか。お願いして」と、シルバーの髪をつまんで言った。ワタルの頭は、燦々と差し込む日光のせいで、溶けそうなほど光った。

サッパリしてご機嫌になった誠が、鼻唄でも歌いそうな様子で待っていると、女将が麦茶を入れたグラスを出してくれた。

「建物、かっこいいですね」

「古いでしょ。祖父が建てたのよ」

言葉は慎み深いが、その裏に、先祖が遺してくれたものをしっかり受け継いでいる、どこか誇りのようなものが感じられた。

「ずっと、ここに住んでるんですか？」

「昔は嫌いだったんだけどね。マンションに住みたいってずっと思ってて。最近やっと、この家の価値がわかってきたの」

そう言うと、優しい眼差しで微笑んだ。

ワタルの青いワゴン車に乗ると、それぞれが、ミラーに顔面を映した。

誠は大満足の様子だが、正直、もともと短髪なのでそこまで変化を感じるほどではない。

逆にワタルは、店主の配慮で少しだけ揃えたくらいだったが、誠から見ると、だいぶすっきりしたように感じた。

都心が近づいてくると、ワタルは「帰って食べない？　まだ全然腹減らねーし」と提案した。

誠も同じだった。というのも、途中二人で喫茶店のようなファミレスのような店に入り、妙な興奮で予定以上にしっかりと食事をとってしまったためだった。

帰ってきて、誠が準備をしていると、「おーい、誠くん、ワタル～！」とすっかりお馴染みになった声がした。

ワタルが、「オレ出るわ」と、玄関に向かうと、話し声が二つになって戻ってくる。

ハルちゃんが、ワタルと一緒に、居間に上がってきた。

「あ、こんにちは」

「これ、ハルちゃんから。コロッケだって」

「いろんな味、揚げすぎちゃったからさ、持ってきた」

「でさ、ハルちゃんもまだ食べてないっていうから、一緒に食おうって連れてきたんだけど、いい？」

「うん。いつも、ありがとうございます」

誠が炒め物用の野菜を切りながら頭を下げると、ハルちゃんは思いついたように、パン！っと手を叩き、

「そんじゃ、ちょっと待ってて」

と、いったいいくつなんだというような軽い足取りで、玄関を出て行った。

誠はローテーブルに置かれた、ハルちゃんからのコロッケを見ると、大皿に、まん丸や俵型、ちょっと平たいものなどが、二人でもとても食べきれないほど並んでいて、「たくさん作ったから」というより、自分たちに食べさせるために揚げてくれたのだろうと思うと、祖父が築いていたご近所付き合いに感謝した。

肉と野菜を炒めようと思っていたが、それを見て、あっさりとした卵とトマト炒めに変えることにする。

切り始めていた人参は、マリネにして箸休めにした。

「ちょうどよかったわ〜」と、ハルちゃんが再び上がってくる音がすると、

「エッ、これ!? 酒取りに行ってたの？」と珍しく驚いたワタルの声がして、誠は皿を持って居間に行った。

小花柄のワンピースを着たハルちゃんが、体半分くらいありそうな一升瓶を抱えている。

誠は思わず皿を落としそうになった。

「温燗ね、もう、ちょっとでいいよ。これは熱いと美味くないんだ」

誠に、戦利品のようにそれを手渡すと、ハルちゃんは、ニカッと微笑んだ。

「心置きなく飲める相手、探してたんだよ」笑い声が吹き抜けを伝って、二階の天井まで

響いた。

「それじゃ、週末は二人でいろんなとこに行ってたわけ？　いいわね〜」

「そそ、誠、免許持ってないって言うからさ、江ノ島、木更津、秩父も行ったし、な。このノート見て」

「へえ、」

ハルちゃんは、淡々と聞いているが、上機嫌である。

コロッケは、いろんな味という申告通り、予想以上のバラエティに富んでいた。

「あ、今ワタルが取ったの、それは、クリームきのこ。ポルチーニね」

「え、ハルちゃん、ポルチーニ知ってんの？」

「ははは、私を誰だと思ってんだい」

「スゲー、うまっ」

そして、ハルちゃんの揚げた茶色い塊は、不思議なことに日本酒に合う。

一口が少量なので、つい、次、次と飲んでしまうのだ。

「あんたたち、飲めるじゃないの」

ハルちゃんが、嬉しそうに、祖父が使っていた徳利から猪口へと酒を注いだ。

確かに、誠もワタルも弱い方ではなかったが、それと同じペースで、ハルちゃんの猪口もすぐに空く。

ハルちゃんがいくら強いのだとしても、小柄な女性で、年齢もまあ、そこそこはいっている。

「これで最後ね、ハルちゃんも」

ワタルがさすがに心配になりそう告げると、ハルちゃんは徳利を持った手をグイッと後ろに反らして、「大丈夫だよ」と鬱陶しそうに首を振った。

「いや、その感じがもう酔ってんのよ」ワタルが小さく息を吐くと、ハルちゃんは急に悲しそうな表情を浮かべ、嘆いてみせた。

「だってね、友達みんな年をとっちゃってさ、なかなか思いっきり飲めることないのよ。こんな悲しいことないわ」

ということは、ハルちゃんも同じなのでは……と思うのだが、「だから、このくらいにしときなよ」と言うワタルに、「私をいくつだと思ってんだい」と、逆ギレしている。

年齢が関係あるのか、というより、この場合どう捉えたらいいのだろうか。いくつだと正解なのか、誠にはわからなかった。

「ダメよ。そりゃ年齢じゃないけどさ、なんでも適量だって」

ワタルはわかっているのかいないのか、でも正解のようなセリフを吐く。

日頃なんでもノリで生きているようなワタルに「ノー」と言われて、揺らぎ始めたところを見逃さず、誠が「また、今度飲みましょう」と言うと、とうとうハルちゃんも観念したようだ。

「誠ちゃん、もう一つ、温燗お願い。これで最後」と言うので、それなら、と立ち上がった。

どうにか、最悪の状況まで行かずに済みそうだ。と、安堵しながら。


最後の徳利も、全部飲み尽くしてしまった。

「あ～、こんな楽しいお酒は久しぶりだわ」

ハルちゃんはケタケタと楽しそうに笑いながら、誠とワタルの肩を交互に叩いた。軽く叩いたように見えたが、二人とも大きく体を揺らす。

酒がなくなったハルちゃんは、ノートをめくって、「これを歩くんが書いてたなんてねぇ」と、懐かしむような、寂しそうな、怒っているような、喜んでいるような……いろんな感情が入り混じった表情で見ている。

「ほんと、世知辛いよな。なんで、俺がじーちゃんの家に住めないんだろ」

眼鏡を取り、顔色は変わらないが、さっきから眠そうに短くなった頭部をかくんかくんさせていた誠が、突然、典型的な酔っ払いの体で言った。

「お、誠、いいねー」

ワタルが誠の身体に横からトンと身を寄せると、そのまま体重を乗せるように肩を組んだ。ワタルも目は閉じたり開いたり、半分眠っている。

「こりゃダメだ、二人とも寝てる」

ハルちゃんは、引き際だと悟ったのか、立ち上がった。しばらくの間、二人を見下ろすと、ニッと笑い、満足したように帰っていった。

「相続税ってなんでそんなに高いんだ。ここに価値があるから住めないって意味わかんない。価値って誰が決めるんですか。住んでる人が、本当に価値のわかる人が見つけるもんじゃないんですか」

まだハルちゃんがいると思っているのか、誠はワタルに肩を貸したまま、でも独り言のようにブツブツと呟いた。

ワタルは、誠に身を委ね、ゆらゆら気持ちよさそうに目を閉じている。

「駐車場にした方が儲かるとか、それって本当の価値なのかな……」

二人とも、眠りの中で、何も覚えていなかった。

翌日、誠は、久しぶりに昼近くまで熟睡した。

以前からあまり二日酔いはしない方だが、日本酒は体に合っているのか、久しぶりに飲んだことで、むしろよく眠れたような気さえする。

起き上がり、急な階段を降りると、さすがに一段ごとに少し頭に響いた。

居間に、ワタルの姿はなかった。向こうもまだ、寝ているのかもしれない。

そのまま洗面所に行き、歯を磨き、顔を洗ったところでようやく違和感を覚えた。

洗面台周りに雑に置かれていた、ワタルの私物がすべて消えている。

頭に手をやり、昨日切ったばかりの短い髪を確認しながら、土間の方を見てみたが、スニーカーもスポーツサンダルもなかった。

急にキリッと頭痛がして、昨夜の酒量を後悔しながらキッチンに戻ると、三人で飲んだ徳利と猪口が下げられていた。

誠は、しばらくの間、身じろぎもせずそれを見つめていた。

携帯が鳴って、ようやく誠が動いた。着信を見ると、『母』と表示された文字が光り、誠はそろそろ約束の時間だったと思い出した。


誠の母は、ひざ下まである前開きのシャツワンピースをコートのように羽織り、それに大きめのトートバッグを肩に掛けた、休日のスタイルでやってきた。

ここに来るのは、数週間前に連絡なく一人でやってきて、誠に会えずに帰ったとき以来なので、そんなに久しぶりではないはずだが、どこか感慨深げなのは、この家を手放すのが現実的になったからだろうか。

二階に上がってすべての部屋を見て回ると、思っていたより綺麗な室内に安心したようにも見えた。

ワタルは、使っていた部屋を跡形もなく、というか、一カ月ほど生活していた気配を感じないほど、綺麗な状態で出て行っていた。

「実家だって、初めてここに連れてこられたときびっくりしたのよね。あの人のイメージと違いすぎて」

母は、居間のローテーブルの前に座って、懐かしむように言った。

「でもすぐにしっくりきたのを覚えてる。いい加減でふわふわ飛んでっちゃいそうな人だけど、どこか芯のような、軸みたいなものがあるっていうか。古いとか堅いとか嫌がってるわりには、時々びっくりするくらい古風なところがあったりね」

自由気ままにどこかへ行っては、また気分次第で帰ってくるような父を、尊敬したり憧れたりするようなことは誠にはなかったが、息子にも何かを強いたり、扇動するようなことは一度もしなかった。そこは、まあ、感謝はしている。

時に、一本くらい、お勧めの道を示してくれてもよかったのにと思うほどに。

「あの人、この家を残すことを前提に、買ってくれる人を探してたみたいね」

母にそう聞いたのは、秩父に行った翌日のことだった。父が話を進めていた相手から連絡があったのだと、知らせてきたのだ。

以前ならそう聞いても信じられなかったかもしれないが、今はなんとなくそうかもしれないと思う。

そのとき、誠は初めて母に、父が残したノートの話をした。

「この前話したノート」と、ローテーブルに父の残した一冊を置く。

母は、目の前の燻んだ水色のノートを見つめ、目を細めて愛おしそうに表紙に触れた。

「あの人がここを残そうと思ってたのは、たぶん誠のためね」

「俺のため？」

「あなたが小さいとき、おじいちゃんの家が好きだって言ったんだって。『ずっと古くて嫌いだったけど、誠は好きらしい』って笑ってたわ」

もしかしたら、秩父でのことかもしれない。あの喫茶店に行き誠が思い出したのは、やはり自分で作り上げた記憶ではなさそうだ。

幼い自分の一言が、父のこの家に対する思いを変えたのだろうか。あまりそんなことに左右されるような人ではないように思うのだが。

その結果、祖父から譲り受けたこの家を残してくれる人を見つけたなら、きっとその買い手に渡るのが最善なのだろう。

一カ月住んだだけで、すっかり馴染んでしまったこの家を手放すのは心残りだが、ここを完全に失うよりは、はるかにいい。

ワタルじゃないが、ここを去る日には、丁寧に磨き上げてから出よう。

母と話し、手放すことを受け入れた誠は、そう決めた。

「エッ、日本酒⁉　あなた誰とこんなに飲んでたの？」

帰る前に水回りをチェックしていた母が、軽い叫びにも似た声を響かせた。

神保町の駅まで送ると、母は、「じゃあ来週ね、」と地下鉄の階段を降りて行った。

日曜の夕方、すずらん通りを歩いていると、ワタルと出会った日に、ここを通って夕飯を食べに行ったことを思い出す。

あれがまだ一カ月前のことなのか。もう随分前から、ワタルのことを知っていたような気がする。

平日は、毎晩あの居間で顔を合わせ、夕飯を食べた。週末には父のノートに描かれた看板建築を、ワタルの家のようなワゴン車に乗って見に行った。

あの家が、始まりだった。

どんな関係なのか、どう思っているのか、と問われても、なんと答えたらいいか正解はわからないが、あの家がなければ始まらなかった関係で、あの家といえば、今となっては祖父と同じくらいワタルが浮かぶ。

家の前に着くと、ちょうどハルちゃんがいて、誠に気がつくと、「ああ、なんだ」とホッとしたように表情を緩めた。

「どうかしました？」

「ううん、昨日大丈夫だったあ？　二人とも」

ハルちゃんは、夕方とはいえ昨夜の深酒の影響はまったく感じさせず、なるほど、ほんとに強いんだなあと思う。

「上がっていきますか？」

鍵を開けつつ誠が聞くと、ハルちゃんは立ち止まった。

「いや、今日はいいわ」

「そうですか？」

「誠ちゃんがこの家に戻ってきてからさ、ここを通るたびに思うのよ。ああ、いるんだなって。仕事に行ってるときでもね。家が生きてるって感じがしてね。それが嬉しいのよ」

誠は、何か気の利いたセリフを返したかったが、すぐには何も思いつかず、小さく頭を下げただけだった。ただ、「戻ってきた」という言葉が、胸に響いた。

あの居候ならきっと、彼女が一瞬で笑顔になる一言を、なんの躊躇いもなく返すことができるのだろう。

ハルちゃんは、たくさんの小さな花を引き連れて、帰って行った。

ワタルのことには、触れなかった。

もしかしたら、気づいていたのかもしれないが。家の前で、どことなく不安そうに振り返ったハルちゃんの顔を見たとき、今は、言わない方がいい気がしたのだ。

明日から、また一週間が始まる。

さあ寝ようと、いつものように二階に上がり、布団に入り明かりを消して、誠は気づいた。

「そういえば、この家で夜、一人なの初めてだ……」

どうせ売らないといけないのなら、少しの間でもここに住みたいと、やってきたその日に、あの居候は転がり込んできたのだ。

それから今日まで一カ月の間、部屋は別々だったが、ずっと二人で過ごしていた。

「金がない」と、嘯(うそぶ)きながら、結局家賃など一円も払わずに去っていったわけで、予想はしていたものの、布団の中で思わず吹き出してしまう。

「あいつ、いったいなんだったんだ」

当然のようにこの家で過ごし、作ってもらった食事をとり、礼の一つも言わずに去っていった男は、確かに「何者なんだ？」であるが、素性もわからないものの不思議と嫌な思いはしていない。

金を取られたとか、危険な目に遭ったとか、そういったことは何一つないのだ。

むしろ、あの男と一緒じゃなければ、たとえノートを見つけたとしてもそこを巡ろうなどとは思わなかったかもしれない。そうすると、父と祖父の笑顔の写真も、幼い頃の記憶も、辿り着けないままだっただろう。

誠は寝返りを打つと、この家に来て何度かあったことだが、ほのかな珈琲の香りを感じた。部屋のどこかに潜んでいた香りが、何かを伝えるかのごとく蘇ってくるようだ。

「そういえば、あいつ、コーヒー淹れてやるって話、忘れたな……」

誠は、眠りにつきながら、朦朧とする意識の中で思った。

この家は、一人で住むには広すぎる。

国際線、台湾桃園国際空港から羽田への帰国便は、今まで感じたことのない興奮と、若干の緊張に包まれていた。

まだ二十年ちょっととそんなに長く生きてきたわけではないが、感染症の影響で物理的に海外に出ることができないなんて初めてのことで、ようやく許されて間もないのだから、無理もない。

ワタルは、狭い通路を黒のバックパックを肩にかけ、体を斜めにしながら進んでいくと、チケットに印字された数字と座席の上のそれを照らし合わせ、割り当てられた頭上の空間に荷物を入れた。

スポッと、かなりの大きさである荷物がすんなり入ったことに、気分を良くして座った直後に、その中に取りたいものがあることに気づき、小さくため息をつく。

前の列の通路側席の上にある荷物をグイと引くと、するっと勢いを持って降りてきた黒い塊が、すぐ下にいた乗客の頭の上に落ちた。

ヤッベ、うわ、どうしよ……と、血の気が引く。

「申し訳ないす。すいませーん」

心の底から申し訳ないと思っているのだが、あまりにも綺麗に直撃し、「ウッ！」と低い呻き声を発した男性の姿が、ギャグ漫画のようでなんとも可笑しく、ほんとに不謹慎なのだが、思わず謝罪の声に笑いの色が含まれてしまった。

久しぶりの海外で、興奮や楽しみや解放感までもをギューギューに詰め込んだ、サンドバッグのような黒い塊が、頭というより首の付け根あたりにドシンッと落ちたのである。

ヤバい、これはキレられるパターンだ。

ワタルは何度もこういうことを経験してきた。ふざけて生きているわけではないのだが、おもしろいことに遭遇してしまうと、どこか俯瞰的に見てしまい、その状況が張り詰めているほど笑いがこみ上げてきてしまう。

それは、許されることではないのは重々承知なのだが。

女性や子どもじゃなくて本当によかった。とはいえ、男性でそんなに年配ではないものの、それでもワタルよりは上だろう。怒声を覚悟しながら、頭を下げたときだった。

「イッテー。なんだ今の、隕石が落ちてきたかと思ったわ。ハハハ。俺の首、大丈夫？ちゃんとついてる？」

予想外の明るい声に、ゆっくりと顔を上げる。

「え、ついて、ます。マジで申し訳ないす」

「すげー勢いだったね。ハハハ」

男は、笑いながら黒い米俵のようなそれを、ひょいと持ち上げてワタルに戻した。

これも何度か経験している、笑った後にブチ切れる最悪のパターンかと思ったが、その様子はなく、早く取りなよと言わんばかりに「ん？」と荷物を近づける。

目が合うと、どちらともなく吹き出した。

その瞬間、ワタルは「こっち側の人だ」と、通じるものを感じた。


機内で配られたホットコーヒーをワタルが冷ましていると、隣の男性も同じように追ってきた。「フーフー」がシーソーのように、二人が交互に息を吹きかけているのに気づくと、またしても笑い合った。

ワタルの席は、一列後ろの真ん中だったのだが、横の席の男性が、「友達なら、隣どうぞ」と一つ前と代わってくれたのだ。初対面であるとは言わず、二人ともありがたく好意を受け取った。

「そのノートなんすか？」

仕事で絵を描いているというその男が持っていたノートを見て、ワタルは聞いた。

そこには建物、店のようなものが描かれていた。

パラパラとめくると、「これ、ウチ」と、見せてくれた。

「えっ、めっちゃカッケーすね」

「そ？　まあ、ウチっていっても親父のね。俺が管理することになったんだけど、場所が場所だけに、一人では維持できないからさ。売るかなと」

「もったいな」

「やっぱそう思う？　アイツも好きだもんな」

「アイツって？」

「ああ、息子」

ワタルは、言葉の意味を理解するのに時間がかかり、少し経ってようやく反応した。

「息子!?　子どもいるんすか？」

「うん。なんで？」

「いや、へー」

男は楽しそうに笑った。

「子どもがいるように見えないって？　もう普通に就職してるよ。トシ、きみと同じくらいじゃない？」

「エエーッ!?」

日頃あまり驚くことのないワタルだが、派手に声をあげてしまった。

「まあ、アイツは大人だからね。ていうか、仙人みたいなやつなんだよ」

「仙人？」

「うん。オレなんてとっくに超えててさ、若いのにじーさんみたいなの」

「なんだそれ」

「会えばわかるよ」

「まあ、息子の方がまともなんすね」

「おい、ハハハ。でもおもしろいヤツだよ。だから、この家のこと相談っていうか、ちょっと話してみようかとも思ってたんだけど」

「へえ、イイすね」

「まあ、嫌がるかもしれんけど。あんまり話してなかったし、避けられてるからね。気づいたときには遅かりし由良之助（ゆらのすけ）だよ」

「何すかそれ」

「ハハハ、知らないか」

ワタルには、目の前の、こんな風に歳をとりたいと思うような男が時々放つ、若々しさの中の古さが響いた。

「息子と父親なんて、みんなそんなもんじゃないすか？」

「まあ、そうね。俺もだったし。じゃあ、アイツに聞いてみよう、うん。あの家は好きだからな。聞いてくれるかもしれん」

隣の席の男性は、きっと息子のことを想像してだろう、浮かんでくる笑みを隠すように顎の髭を触った。

この人も父親なんだな。ワタルはその表情を見て、そう腑に落ちた。

「ここ、行ってもいいすか？」

「ああ、遊びにきなよ。来るとき連絡して」

男は、ノートの最後のページをビリッとちぎると、連絡先の数字をさらさらと書いた。

「絶対すよ。……これ、借りてきます。そのときに返すんで」

「わかった、いいよ。貸しとく」

そうしてワタルは、隣の乗客から、ノートを一冊借りたのだった。

後になって、あのとき、ノートを借りておいてよかったと、ワタルは自分の直感を褒めた。

電話は、何度かけても繋がらなかったから。

携帯番号の上には、サインのような楽しい筆跡で、『相良歩』と書かれていた。

7

『過去とこれから』

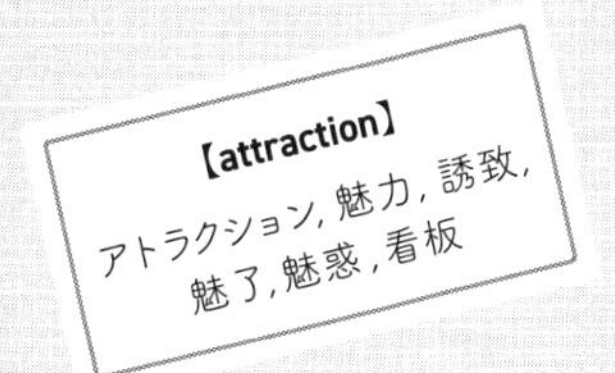

チェックのシャツをチノパンにインした誠は、家を出てすずらん通りに入ると、靖国通りと白山通りのぶつかる交差点まで、昔ながらの飲食店、コンビニなどが入り混じる商店街を歩いた。

短髪に細い縁の眼鏡をかけて、シャツを肘の下あたりまでロールアップしている姿は、服装だけだとかなり昔の若者に見えるが、れっきとした令和の二十五歳である。

東京の他の街ではわからないが、ここ神保町では、あまり違和感もなく、古くからの商店も並ぶ景色の中に、むしろ溶け込んでいる感じもあった。

太い道が交わる大きな十字路で信号が赤から青に変わるのを待っていて、進み出した人々の波に乗って渡り始めたとき、誠はふと、この街に認めてもらったような、馴染んでいるような感覚を得た。

同じような瞬間を、これまでにも何度か感じたことがある。

例えば、入学当初はぎこちなく落ち着かなかった学校の廊下や、初めは迷ってばかりいたキャンパス内、勤務し出した頃はよそよそしく感じた市役所の中などが、いつの間にか随分親しんだ場所になっている。

それに気づいたとき、誠はいつもささやかな幸福感に包まれる。

神保町は、誠にとっては子どもの頃から訪れていた馴染み深い場所ではあったが、それでもほとんど来ることのなかった空白の時期を経て、引越してきた頃は、なんとなくまだ慣れないクラスで座っているような、緊張感の中に身を置いていた。

ホーム、アウェイとかいうけれど、まさにその通りで、この街全体が家族のように迎え入れてくれている。自分がいることが当たり前になっている感覚というのを、きっと心持ちなのだろうが、どこか場所からお墨付きをもらったような、真の意味での住民票を受け取ったような気分になったのだ。

「もうちょっとで、出て行かなきゃいけないんだけどな」現実を思い出して、誠は少しうつむき加減になった。

そのまま、九段下方面に靖国通り沿いを歩いていると、本と出会おうと通りを歩いている人々が、お目当ての書店に消えていく。

このあたりの古書店は、ワゴンや段ボールに入った古い本をボンボンッと店の前に並べていたりして、まるで昔ながらの八百屋のように本が置かれているのだが、歩いていた人々が、ふと何かを目に留めて本を手に取る姿は、リンゴやトマトを吟味するかのようで、おもしろい。

誠は、背表紙が変色した文庫本を一冊手に取った。

古い本を眺めていると、ここに来るまでに、この本はいったい何人の持ち主の元を移動してきたのだろうと思ったりもする。

本棚に加えられた真新しい本が、何年後かの引越しのときに、手放されたのだろうか。次の持ち主とはどのようにして出会ったのだろう。

それとも、たった一人の主人の元から、この店へ譲られたのかもしれない。手のひらに乗るほどの大きさで、風格すら感じる今の姿になるまで、どんな道を通ってきたのか。

それに比べて、建物というのは、建てられたそこにしか留まれない。家というのは、経緯はいろいろあれど、みなそれなりの気合いと思い入れを持って建てられるはずだ。手に入れるには、人生で一番、大きな買い物になる場合も多いだろう。暮らしていくうちに、そこに思い出や喜怒哀楽が詰め込まれていく。

そんな家を手放すとき、去らなくてはいけないのは、持ち主の方なのだ。

古書店の店先でそんなことを考えながら佇んでいる誠の横を、靖国通りを西へ東へ急ぐ車やトラックが、途切れることなく通っていく。

靖国通り沿いの、誠お気に入りの一角が、近づいてきた。

『矢口書店』と『古賀書店』。二つの店が一つの建物の中で並んでいる、誠がとても好きな光景なのだが、ここも看板建築だというのは最近知った。

見ると、靖国通り沿いの店の正面と、側面である脇道の方に、それぞれ写真を撮っている女性たちがいる。

一人で店の正面側を撮っているのは、サーモンピンクのような色のワンピースを茶色のベルトで締めた、どこかレトロな感じのファッションが似合っている年配の女性だ。

店の側面では、二人組の女性が建物を背景にしてお互いを撮影し合っていた。

お馴染みの、緑の人魚のカップに入った、生クリームたっぷり、色違いのフラペチーノを持った二人は、バックの建物と自分たちがより良く画角に収まるように、いわゆる、映えを意識しながら立ち位置を調整しているようだ。

このあたりは、昔から書店の街として広く知られているが、カレーの聖地でもあるし、昔ながらの喫茶店やいろいろな飲食店を目当てに訪れる人も多い。

そんな中に、こうやって建物を目指してやってくる人もいるのだと思うと、誠の口角は上がった。

思えば、祖父の家に住み始めたらまず、こうしてこの街を散歩するつもりだった。だが、今日やっと一カ月以上経って、当初の計画を果たしている。

他にやることができたし、行く場所ができたからだ。

だが、本当は忘れていたのだと、今日になって誠は気づいた。それくらい、見つけた父のノートに描かれた建物を、あの居候と一緒に見に行くことに夢中になっていたのだ。

母がやってくる時間が近づいていた。

あの家を買おうという相手が——どうやら、父が話を進めていたらしいのだが——家にやってきて、会うことになっている。

いよいよ、祖父の家を手放す話が現実味を帯びてきた。

すずらん通りを、家に向かって戻っていく。まるで、自宅の廊下を歩くような心持ちで。

この通りには、少しくすんだ水色に、名前と同じ白い花の絵がデザインされたポールが、等間隔で設置されている。

見るたびに、よく似た色をしていた居候の車を思い出した。

あの家を手放し、去った後、自分はここにまた来るだろうか。そのときこの街はどんな風に迎えてくれるだろう。今と同じように、ホームと感じることはできるのだろうか。

携帯の、もはや古典的ともいえる着信音が鳴り、誠は細長いそれをポケットからすっと抜き出すと、パカッと手慣れた調子で開けた。

「今日なんだけど、先方の都合で場所変更したいって。誠、大丈夫？」

母は、電話が繋がるなり、誠の発言を待たずに用件を伝えた。

性格は冷静で落ち着いている方だと思うが、基本的にせっかちだ。

「そうなんだ……」と納得しかけて、誠の中で疑問符がポンと浮かび上がった。これから買おうとする家の話をするのに、なぜ場所を変更するのだろうか。

都合自体が悪くなったのならわかるが、本来なら家を訪れて、実際に見た方がいいのではないか。

「もしかして、もう見たことあったのかな」と、電話を切った後で誠は呟いた。

ともかく、変更に応じたことにより指定された場所まで、遠くはないが地下鉄に乗らなくてはいけなくなった。

一度帰って、準備をしてから向かうことを考えると、誠は足早に家へと歩を進めた。

母から伝えられていた変更後の駅は、商業地でもあるかなり大きいターミナルで、ホームに降りると、誠は何度か出口を探して右へ左へ行ったり来たり、結局、案内の表示を確認しにいった。

神保町から地下鉄でほんの数駅なのに、ほとんど来ることのない場所だと、地上へと上がるところから早速迷ってしまう。

アウェイ感に圧されながら、どうにか駅直結の商業施設へと続く出口を見つけた。

地下から直通なので気がつくともう大きなビルの中に入っているのだが、エスカレーターで上がりフロア全体が見渡せる吹き抜けのような空間に出ると、誠は大げさでなく未来へやってきてしまった過去の人間のような気分になった。

時間よりも五分早く誠は到着したが、すでに相手は席に着いているようだ。

母と合流し、二人で、喫茶店というよりカフェといった方が正解だろう店内に入っていくと、長身のスーツ姿の男性が、すっと立ち上がり、頭を下げた。

赤を基調としたネクタイが目に入る。

三十代後半くらいだろうか、誠が想像していたよりも若いようだ。

店内はどこも直線的で角張ったデザインで統一され、黒やシックな色で揃えられたインテリアは、どれも鏡のように艶やかだ。

先ほどの電話で、待ち合わせ場所が変わったことに加え、母から「仕事に行くときの格好でいいわ」と、言われていたので、その通り着替えてきてよかったと誠は思った。

さっきまでの祖父から譲り受けたスタイルのままやってきていたら、このスタイリッシュな場との違和感で、アウェイどころの話ではなくなってくる。

「お父様には、生前とてもお世話になりまして、」

誠と母より少し遅れて向かいのレザーのソファに座り、男性は話し始めた。

生前、という言葉にそうか、父はもう生きてはいないのかと思うものの、なんともまだ、父にその言葉は似合わないというか、実感はない。

生きている頃からあちこち飛び回り、長らく顔を合わせないことも多かったので、今でもどこか遠い国にいるだけのような気がする。

「夫と、あの家についてお話しされていたとか」

父の死に思いを馳せていた息子とは対照的に、母から投げられた本題に入るボールは、うまく相手へと飛んで行った。

「はい、本当に兄のように慕っていましたので、一緒におもしろいことをやらないかと言っていただいて、嬉しかったんです」

目の前の男性は、父と、どういう付き合いだったのだろうか。

ビジネスマンらしき風貌ではあるが、自由人である父と交流があったこと、その実家であるあの家を買おうと思うに至ったのが想像できるというか、どこか抜けているところがあるように感じた。もちろん、いい意味でだが。

誠が対面しても、威圧的だったり慇懃無礼だったりするようなことはなく、どちらかというと、緊張や少しの萎縮すら見てとれた。

逆に、誠はそこに少し嫌な予感がしたくらいだ。

「あのような立派な物件を譲っていただけるということで、非常に光栄に思っているんですが……」

自分の予感は当たっているかもしれない、誠は運ばれてきたコーヒーを手に取った。

カップの中の黒い水面に、歪に反射した自分の顔が映っている。

「何か問題でもあるのでしょうか？」

受け止めた会話のボールを、グローブの中にとどめたまま、なかなか投げ返さない男性に、母が問いただす。

せっかちな彼女が、なかなか本題に入れないことに少しずつ苛立ち始めたのを、誠は感じ取った。

「いえ、問題ということではないのですが……」

「ご意向が変わられたとか？」

「変わったといえばそうとも言えますし、そうでないとも……」

はっきりしない男性に対して母が咳払いをするのと同じタイミングで、今度は誠がストレートにぶつけた。

「変わったというのは、あの家を買うことが難しくなったってことですか？」

男性は、どうしようかなという様子で、右に左にと上半身を動かすとこちらを向き直り、言った。

「とりあえず、でも、買うのは買います。約束ですから」

まっすぐにこちらを見てはいるものの、誠が目を合わそうとすると視線を逸らした。

母は、とりあえずホッと一息ついたが、誠はそうもいかなかった。なんとも頼りないニュアンスが含まれているではないか。

「買うのは買うって、どういう……？」

「それは……ですから、お父様との約束は守りますが、私の方でも調べてみたんです。あの建物は1928年に建てられてますよね。築九十年を軽く超えています」

「それはもちろん、そうですけど、」

「これをこの先も残していこうと考えると、修繕が必要です。当時の建物を修繕できる技術を持った職人や、資材を探さないといけませんし、それにはかなり費用がかかります。仮に修繕したとして、維持費も相当な金額になると……そこまでの支出を上回る収益が得られなければなかなか難しく、そうすると、申し上げにくいんですが、建物は壊してしまい例えば……」

「駐車場、とか」

「おっしゃる通りです」

「じゃあ、買っていただいた場合、壊す可能性があるってことですか？　建物を残すのが前提と伺っていたのですが……」

「努力はします」

「努力っていっても……」

誠も、先の言葉が出てこなかった。

男性が言うことはもっともだ。

歴史を重ねた建物の価値は、時と同じようにただ積み重なっていくだけではない。経年劣化もあるし、真剣に考えれば考えるほど、維持していくのは難しいという現実にぶち当たる。

父だって、どこまで理解していたかわからない。

誠もまだそんなに多くの看板建築を見てきたわけではないが、どの建物も後継者の不在や、耐震基準など、それぞれ問題を抱えていた。

それを超えて残していこうとするには、建物に対する深い愛着と、理解、そして経済的な裏付けが必要になってくる。

高価な宝石や本などの物と違って、ただ大切に所持している、というだけでは足りないこともあるのだ。

「私の方でも、どうにか残したいとは思っているのですが……」

男性に悪気があるわけでないことは、伝わってきた。

「よろしくお願いします。改めて、ご連絡させていただきます」

このまま話していても埒が明かないと思ったのか、母があくまで結論を出さず、とはいえ手放す意思は変わらないことを強調して、その場を切り上げた。

未来都市のような商業施設は、地下に入ってもまだキラキラと輝きを失わず、誠は早くいつもの商店街に帰りたくなり、足早になった。

「どこか入って話す？」

母が言ったが、それならばここでない方がいい。

だが、母も明日は朝が早いらしく、結局、向かいにあったスターバックスに立ち寄った。

「このまま売ったら、きっと取り壊すことになるよ」

アイスコーヒーに、ベージュの紙のストローを差して誠は言った。

母は、誠から「ありがと」とカップを受け取ると、珍しく唇を少し窄(すぼ)めて、困惑したような表情を浮かべた。

「でも、あんまり時間がないのよ。正直」

母も、父の意思を知らないわけではない。かつては古いのが嫌で出た家だったが、幼い誠が好きだと聞いて、残したいと思いつつあったのだろうと言っていたのは、母だ。

父が残したノートを見せたとき、母は涙でまともに見ることができなかった。いつも気丈な彼女に、こんな柔らかな脆い一面があるなんて、と誠も驚いたほどだった。

だから、あの家への父の思いもよくわかっているはずだ。

それでも、取り壊す可能性が高いと知りつつも手放さざるを得ないシビアな現実が目の前にあるのだ。

不動産の相続は、申告から納税まで、被相続人の死を知ってから10カ月以内に行うと決まっている。

こんなことなら役所で開かれている相続や贈与についての講習に参加して、税知識など勉強しておけばよかった。

『前もって準備しましょう』などと書かれたポスターを、勤める役所でよく目にしていたが、まさかこんなに早く、当事者になるとは思っていなかった。

一人で神保町の階段を上がり地上に出ると、ああ、ただいまと口に出しそうになるほど、ホッとして一息つく。

ほんの数時間も離れていなかったのに。

大都会であることに変わりはないのだが、街並みが適度に温もりを含んでいて、さっきまで感じなかった風が届く。受け取る側の問題なのかもしれないが。

これから初夏を迎える匂いが誠を包んだ。

家に向かい歩いていて、ふと、すぐ横の白山通りを空色のワゴン車が通った気がして振り返る。

あの居候が去ってから、時々、同じようなことがあった。

よく考えれば、あれは改造した車で、内装もだが車体もすごく苦労して気に入った色にしたのだと話していた気がする。だから、そうそうあの色の車が通るわけはないのだが、わかっていても、なぜかハッと振り返ってしまうのだった。

そのたびに、ちゃんと見ればまったく違う車の後ろ姿を見送った。

薄暗くなった空の下に、無数の小さな花が目に入った。

ハルちゃんが、反対側から誠の家に向かってきていた。

「あら、今日仕事だったの？」

ちょうど、家の前で合流すると、ハルちゃんが誠の姿を見て言う。服装が休日のそれと違うことに気づいたのだろう。

「仕事じゃないんですけど、ちょっと」

ハルちゃんには、この家を売ろうとしていることはもちろん話していない。ワタルのことも、誠からは何も言うことはなかったが、ハルちゃんはすでに知っていた。考えてみれば、ワタルの車はハルちゃんに頼んで、彼女の敷地内に停めさせてもらっていたのだ。

そこから車が消えたわけだから、当然去ったことに気づかないわけがない。あるいは、ワタルのことだから、何か調子よく声をかけて出たのかもしれない。

ワタルをずっと気にかけていたハルちゃんは、彼がこの家から去ってしまいおそらく寂しくなったであろう。食事を心配する必要もなくなったはずなのに、それでも前と変わらず、ほぼ毎日おかずを持ってきてくれている。

「アジフライだよ。私が好きだからさ、いつも多く揚げちゃう」

「ワタルいないのに、すみません」

いつものように、まだ温かい大皿を受け取り、誠が恐縮して頭を下げると、ハルちゃんは少し驚いたように言った。

「ワタルがいるから持って来てたわけじゃないよ」

「でも、ハルちゃんが連れてきて、あいつがここに居候するようになったから、気にして来てくれてたんじゃないんですか？」

ハルちゃんは、少し胸を反るようにして、左から右へと通りを見渡した。

「長くこの街に住んでると、見送ることばっかりでさ。創さんも、歩くんも、みーんな見送った。だから二人がやってきて、久しぶりに迎えることができて、なんか浮かれちゃってね」

すずらんのような白い小花柄のワンピースをはためかせながら、ハルちゃんは去っていった。


一人で食卓に着くと、誠は大皿にのったアジフライを見た。

三角形の揚げものが、やはり一度には食べきれないほど並んでいた。いつだったかのコロッケと同じように。

アジフライの茶色いギザギザした三角形が、ヨットの帆のように見える。

何艘か皿に並んだものを見ているうちに、江ノ島で、海沿いを歩いたことを思い出して、「あれが始まりだったっけ」、誠は呟いた。

チグハグな見た目で兄弟だと言う少年二人に頼まれて「キラキラの船」を探していたら、偶然、目的の看板建築だったこと。別々の家族だった少年たちが、兄弟となって記念写真を撮ろうというところに居合わせた。長い間、そこに佇む写真館は、たくさんの人の歴史を残すだけでなく、待ち合わせ場所、目印、ランドマークになっていた。

木更津で、光を受けてエネルギーに変える不思議なオブジェ、リヒトミューレと、その存在によく似た雑貨店に出会った。

秩父のパリー食堂には、誠と同じように祖父の喫茶店を、絶やすことなく受け継いで一緒に歴史を紡いでいる青年がいた。

石岡の中町通りでは、築九十年を超えながら踏ん張っているいくつもの看板建築を見つけた。そこは、若い情熱に支えられていた。

西多摩の理容所は、誠の父と同じように、嫌いだった古い家で家業を続けるうちに、やっと価値に気づいたと、大切にその場所で生業と生活を営む夫婦の愛に満ちていた。

誠が、父の残したノートをたよりに看板建築を見に行ったのは、それを通じて、父が何を考えていたのか、なぜそのノートを記したのか知りたかったからだ。

でも、見つけたのはそれだけではなかった。

いわば、木造の民家の正面に一枚の防火キャンバスを張りつけたのが看板建築だ。顔とも言える、正面のデザインや看板が人々を惹きつけるけれど、後ろに隠れた建物部分で営まれる店や生活があってこそで、それを併せ持っていることこそが単なる木造の民家でも、単なる大きな看板でもない、看板建築の価値なのだと、巡っていくうちに知った。もしかしたら、父も同じ道を辿ったのかもしれない。

施工技術の伝統もある。

関東大震災や、各地の大火の後、復興から立ち直ろうとした、当時の人々の生きる情熱のようなものも、看板建築は伝えてくれる。

この家で生まれ育った祖父のように、それを受け継いできた百年近い人々の歴史も詰まっているのだ。

建物が伝えるたくさんのことを受け取ることができたのに、残せない可能性が高いとわかっていて、ここを手放すことはできない。

誠はゴロンと、大の字になって寝転ぶと、背中全体に畳の感触が伝わってきた。

深く息を吸い込むと、部屋のどこかからまた、潜んでいたコーヒーの香りが届く。

背中を支えてくれる畳は、まだまだ任せろと言っているように温かく、祖父が勇気づけてくれているような気がした。

「まだ壊せない」

これまで無難な道を、計画的に冷静に判断して歩んできた誠が、初めて抱いた熱い意志だった。

誠は、勢いよく起き上がった。

急な階段を慣れた様子で駆け上がる。

無謀な挑戦などと程遠い人生を送ってきた自分に、こんな衝動があるなんて。きゅうと胸のあたりを締めつけるように興奮が体の中で渦巻いていた。


ゴールデンウィークの間の出勤日、誠はいつものように市役所のある駅から都営線に乗り入れている地下鉄で、そのまま神保町へと帰った。

運良く座ることができた黄緑色の座席に腰掛け、小さく息を吐く。

数日間、いろいろと考え調べてみたが、これからに光を灯す、何か発明のような妙案が浮かぶことはなかった。

車内は、長椅子に座ったほとんどの乗客がスマートフォンを手にしているが、未だパカパカ二つ折りの携帯電話を愛用している誠は、いつもは文庫本を開くことが多い。

だが今日は、父のノートを片手に自分でもメモを作り、どうすれば手放さずにいられるか、あるいは、どうすれば手放しても取り壊さずにおけるかという方法を探るために、ひたすら頭をひねった。

もちろん、手放さずにいられるならそれが一番いいのだが、現実を考えると難しいのはわかっていた。

せめて残しておくことを担保して手放したい。先日会った父の知人も努力するとは言ってくれたが、厳しいだろうことは伝わってきた。

ならば、こちらから残すことのできるアイデアを提案することはできないだろうか。

これまでいろいろな建物を見てきたことで、難しいのは十分わかっているものの、何か提示できれば。

眉間にしわを寄せ思い巡らせていた誠が、ポケットから細長い携帯電話を出した。バイブレーションのモードにしていたのが小刻みに揺れたからだが、小さな枠の表示を見ると、片手でパカッと開く。

母からのメールに、神保町でホームに降りるとすぐに電話をかけた。

「家買いたいって連絡があったの。あの人の知り合いらしいんだけど。ううん、この前お会いした方とは別の」

いったい、父は何人とあの家についてやりとりしていたんだ。売る気満々じゃないか。

地上へと続く階段を上りながら、誠は寝る時間を削って作戦を練っていた自分が少々バカらしくなったが、母の声は不思議と明るい。

「なんとなく、うまくいきそうな気がするのよね」

母はその根拠として、家を残す前提でと、向こうから提案してくれたのだと言った。しかも、母でも知るほどの大きな会社の人なのだという。

「できるだけ早くそっちの家に行きたいって。誠、連休の予定ってどんな感じ？」

母の予感が当たっているといいが。

誠は、暗くなった地上に出ると、家へと急いだ。


翌々日、ゴールデンウィーク真っ只中だが、誠は早朝から起き、床を磨くことから掃除を始めた。

約束の時間は十一時だし、本来できるだけ寝ていたい誠だが、今日は気合いが入り目覚ましの設定のだいぶ前に、パチリと目が開いた。

二階の部屋の布団をあげると、奥の部屋から丁寧に磨いていく。

畳だけでなく、家と同じように歴史を支えたタンスや机などの家具や、一つ一つデザインを変えて作られた欄間の、細かい隙間まで集中して拭いた。

十時過ぎに母が来た頃には、すっかり掃除を終えていた。母は、磨き上げられた部屋に満足そうで、「確かにここは壊すにはもったいないわよね」と呟き小さく頷いた。

「とりあえず、話聞いてからだから」

誠は、電話の直感だけですっかりその気になっている母を牽制した。

そわそわと、居間と店を行ったり来たりしながら落ち着かない様子だ。

「すみませーん」と、声がして、誠は戸を開けるため居間を出た。

ところが、足音と一緒に聞こえてきたのは、お馴染みの声で拍子抜けする。

「だからさ、さっきあんたの車が置いてあるから、エエッ!?て思ったんだよ。あの色の車がそうそうあるわけないだろう」

土間に降りつつ、「ごめん、ハルちゃんこれから来客で――」と、顔を上げたところで、誠の動きは止まった。

ハルちゃんは、初めて会ったときと同じように、男を引き連れてきていた。

格好からすると、おそらく約束していた相手だろう。

スーツをパリッと着こなしているが、サラリーマンという感じはしない。ヘアスタイルのせいだろうか。うっすらとアッシュ系に染めてはいるが、パッと見は黒髪で、スーツに合っている。

「あ、いらっしゃったのね。どうぞ、上がってください」

動きが止まっている誠の横を、男は小さく笑みを浮かべて通り過ぎた。

居間へと母が誘導し、男がついていく。

呆然と立ったままの誠を、どんとハルちゃんが小突く。

「ハルちゃん……」

辛うじてそれだけ発した誠の肩を、ポンと叩いてハルちゃんは出ていった。

ハッと我に返り、居間へと入る。

「初めまして、ご連絡した野宮です」

「どうぞどうぞ、お座りください。それとも先に中をご覧になりますか？」

「いいえ、大丈夫です。知ってるので」

男が答えると、「ああ、もういらしたことがあったのね。夫が連れてきたのかしら。ここ数年は、ふらっとここに来て掃除したりしてたみたいなんですよね」

母は、誠も初耳の情報を伝えながら上機嫌で客に座るよう促すと、一転して強い調子で誠を振り返り「なにやってるの？」と、声には出さず顔で訴えてきた。

だが、それはこっちのセリフである。誠は、「なにやってんだ！」と叫びそうになる気持ちを必死に抑えていた。

ちょっと待ってくれ。

スーツをさらりと着こなし、髪の色も変わってはいるが、目の前の男は、間違いなくこの前までここに住んでいたワタルなのだ――。

いやいや、ワタルだよ。「金がない」でお馴染みの、ここに住んでいる間、一銭も払わなかった居候である。

その男がどうやってこの家を買うというのか。遊びじゃないんだ。黙って出ていったと思ったら、突然やってきてこんな小芝居を。しかも何の連絡もなく。

誠は苛立ちを覚えた。ここまで怒り心頭に発することはそうそうないが、この理解しがたい状況に、他に対応する感情が見つからないというのもあるのかもしれない。

目の前の、雰囲気のある和室で繰り広げられているやりとりは、いったいなんなんだ。何を見せられてるんだ、俺は。

そんなグルグル回転している誠の頭の中など知る由もない母は、突然故障してしまった息子は諦め、救世主のように現れた新たな買い手を信じ切っている。

「あら、あなた……」それまで一貫して男に対してポジティブな視線を送っていた母が、受け取った名刺と、顔を交互に見ながら怪訝な表情を浮かべた。

次はなんだ。誠は、もうワタルをどうにかして帰せないか考えた。ハルちゃんに連れていってもらうとか。

「あなたもしかして、グラフィックデザイナーの……大きな賞取らなかった？」

だが母の気づきは、誠の懸念とはまったく別のところにあったようだ。

ワタルが、美大の在学中に、最年少で国際的な賞を受賞したとかなんとか、盛り上がっている。

美術の教師をしている母の専門分野ということもあるが、一カ月ともに暮らした誠も知らなかったことが、母の登場によって一瞬で明らかになった。

そもそもワタルが何者であるか、誠はあえて知ろうとしなかったのだから、それもしょうがないが。

「ああ、大学は辞めましたけど、学費がなくて」

学費がなくて、というワタルの最後の言葉が、わずか0．何パーセントほど残っていた別人であるという奇跡の可能性を打ち砕き、確信に結びついた。

「金がないって。どーやってここ買うんだよ」

やっと、そう一言、誠は発した。

「ねーよ。親に借りたわ」

阿吽の呼吸と言えそうな、抜群のタイミングでワタルが返してくる。

「親って……」

母に名刺を見せてもらうと、複数の業種にわたって企業を経営している、誠でも知っている有名な財閥系グループのロゴマークの下に、『野宮 渉』と書いてある。

「……」誠は無言のままもともと大きな目をさらにまん丸く猫のようにくるりと見開いて、ワタルと名刺を交互に見た。

「祖父が興した、今は父親の会社なんですが、僕はいろいろあって家、出てたんですけど……どうしても欲しいものができたので、戻って親に借金しました」

どういうことだ、と口に出さずともその顔が物語っている誠の表情に、吹き出すのを堪えながらワタルが説明を加えた。

ということは、である。

「ワタルが、御曹司……？」

「違うわ。そんな言葉どこから出てくるんだよ。さすが誠」

ワタルが、またも有能なツッコミのようにそう返し、誠を見て笑うと、ようやく気がついたのか、母が振り返った。

「ちょっと待って、二人は知り合いなの？」

「知り合いっていうか……」

ここにきてまた、母に関係性を説明しなくてはならないかと思うと、面倒になる。

ワタルがこの家を出て行った今、さらにその説明は難しくなった。

「知ってはいるけど、知り合いというよりもっと……」

代わりにワタルが、自分の経歴を順を追って説明した。

確かに大きな会社を経営する父を持つこと。祖父が興し、一族が多岐にわたるそれぞれの会社を継承していること。あるときから父親と折り合いが悪くなり、大学のときに家を出たこと。親とは違う、好きなことがしたくて、今はフリーでデザインやアートディレクションの仕事をしていること。

家族とは距離を置いていたが、ここを買うために家に戻った、と。

「父と話して、家に戻っても今の仕事は辞めないということで納得してもらいました。だから、借金は自分で返さなきゃいけない……それで、考えてみたら僕がここを買うよりも単純な方法があるかな、と思いまして」

「どういうこと？」誠は、そう聞くのが精一杯だった。

「要は税金払えればいいんだろ。それ立て替えるから、オレもいっしょにここのオーナーにしてくんない？」

「え？　それって……つまり」

誠は、すぐにはワタルの話が理解できなかったが、そんなことができるなら、自分でこの家を繋いでいけるのだろうか。

「ここはやっぱり、誠くんの財産だと思うんで。そういうのもありかなって」

今この状況をまだちゃんと整理できていないまま、さらなる急展開に追いつくのが必死の誠をいったん置いて、ワタルは、母に向き直った。

「二人で所有するってこと？　でも、この家のためになんでそこまで……」

母の疑問は、誠が抱いていたものと同じだった。

確かにワタルは見に行った建物に興味はあったようだが、最初から古いものは嫌いだと言っていた。そもそも、ワタルはとりあえず寝泊まりできればいいと、生活する場所にこだわりがなかったはずだ。それで、タダで気楽に住めるところを転々としているのかと思っていたが。

「家の価値とか、考えたことなかったんで。ウチ、住んでるとこはデカかったですけど、そこにどんな価値があるとか考えたことなかったし。でも、ここを知って住むってことがなんなのか、少しわかった気がしたんです」

思いもしなかったワタルの言葉は、一人になってから誠がこの家で考えていたことと似ている気がして、答えを得たような、さらにそこから問いが広がったような気持ちになった。

「それに、歩さんと話してたら、父にも僕が知らない思いとかあんのかもなあ、なんて」

母が言っていた、父の知り合いというのはどうやら本当らしい。だが、どんな知り合いか、関係だったのか。そんなことは聞く必要ない気がした。

誠は、呆然としながらも、ワタルの申し出をありがたく受け取ることにした。二人がオーナーとなるにはどうするのが最善か、後日専門家に相談することにして、母とワタルはそれぞれ帰っていった。

二人を送り出すと、誠は店の入り口であった玄関で、まるで昔祖父が客を見送るためにそうしていたように、しばらく立っていた。

いったい何が起こったのか、まだ完全には理解できていない。

ワタルは不気味なほど何も言わず、ひっそりとサインを送ることもなく、目も合わさずに消えていった。

「何だよ、アイツ」

問いただそうと、いつもの旧式二つ折り携帯を取り出した後に、誠は、そういえば、ワタルの連絡先を知らないことに気がついた。

「アッ、そっか」

こんなことなら早めに連絡先くらい聞いておくべきだったと、珍しく声に出して後悔していると、そんな誠の心理とは裏腹に、キャッキャとはしゃぐ高い声が聞こえてきた。

見渡すと、道の向こうからスマホ片手に若い女の子三人が、こちらを見ている。

誠の視線に気づくと、「わ、ほら、あの人じゃん?」「え、まじでめっちゃ可愛いんだけど。髪、切ってない?」「でも服一緒だし。見てみて!」

誠は、女子たちの声が自分について語っているものとは思わず、少し考えると「ごめん、ここ、もうやってなくて」と、いつかのワタルと同じように、珈琲店目当てでやってきた客と勘違いして謝った。

「え、ウソ」「ヤバ、話しかけてくれたんだけど!」

意外にも、誠に声をかけられた女子たちは、初めはゆっくり、少しずつ駆け足になってこちらへ近づいてきて、誠を囲んだ。

すると今度は誠の方が、思いがけない反応に引く。

「え、なに……?」

「インスタ見たんですけどー」「二人の写真見てるうちにファンになっちゃって」

「二人？　インスタ……？」

「はい！　建物もめっちゃいいですけど、お兄さんもめちゃくちゃカワイイですよね！」

「え、可愛い？」

まだ、彼女たちのどの言葉もよく咀嚼できていないものの、やはり『可愛い』が引っかかってしまった誠の後ろから、ふははと覚えのある笑い声が聞こえてきた。

「さすが看板ボーイ、可愛いは最高の褒め言葉だって、言ってんじゃん」

振り返ると、後ろに立っていたワタルが、ニカッと笑った。


二人で居間に入ると、ワタルは「はああ～」と先ほどまでとは別人のようにリラックスした様子で、どさっと座り込んだ。

ハルちゃんのところに停めさせてもらっていた車で、着替えてきたようだ。

といってもジャケットを脱いだだけで、ここに居候していた頃とは随分違う格好だが、シャツのボタンを外し、畳に全身を委ねた。

「やっぱ、いいわ～ここ」

ワタルは、エネルギーを充電するかのように、ゴロゴロと畳の上を回転した。

「どういうことだよ」

ワタルを見下ろして、誠が言った。

「何が?」

「何がって、」

「さっき説明したじゃん」

何が?と問われれば何から何まで聞きたいことは山積みなのだが、そう言われると確かに、まあ、そうか。という気もしてくる。

ワタルは、気持ちよさそうに畳に背中を馴染ませたかと思うと、ガバッと上半身を起こし、誠にスマートフォンを見せた。

正方形の写真が並ぶSNSの画面だ。

「なに?」

「これから、ここに人が集まるんだよ」

「え?」

ワタルが、誠の目をまっすぐに見てそう言うと、開いた画面を見るよう促した。

ワタルが写真をあげているSNSのアカウントのようだ。

江ノ島、木更津、秩父……、二人で行った建物やその街が写っていた。

「誠、SNSやらないからわかんないかもしれないけど、そのハートの数、結構すごいから」

「ハート？」

　ワタルの言う通り、スマートフォンを持っていない誠は、個人的にＳＮＳを見ることはほぼないので、今ひとつ、そのすごさがわからない。

　ハートの数は、万の単位であった。

「この家を、ビジネスとしても成立させればいいんじゃん」

「はあ？」

　ビジネスとは、金儲けというイメージがある誠にとって、金がないワタルのイメージから一番遠い言葉が飛んできて、反射的に聞き返す。

　そもそもだ。ワタルが大会社の御曹司であることもまだ腑に落ちていない。

「金だけ考えれば駐車場にした方がいいし、ただ思いだけでもうまくいかないわけじゃん。だから、その間を見つければいいんだよ。とりあえず始めたらフォロワーも思った以上に増えてるし、この家なら、いける気がする」

　フォロワー数、というものくらいは、誠でも知っている。

　見てみると、ハートの十倍くらいの数あった。ワタルの影響力もあるのだろうが。

「なんでそこまでするんだよ。昔のものは好きじゃないって言ってなかった？　住むところだって、こだわりないんだろ？」

　ワタルが、父のどれほどの知り合いだったのかはわからないが、疎遠だった親に借金をしてまでこの家を買う義理はないはずだ。さっきの言葉だけでは、まだワタルが負うリスクには見合っていない気がする。

「だって、惹かれるんだからしょうがなくね？　やっぱ魅力の塊なんだよ」

開き直ったようにワタルが言った。

「看板建築ってギャップじゃん。やっぱギャップが人を惹きつけるってあるんだな」

「ギャップ？」

「確かに新しいものが好きだけど。古いとか新しいとか関係なく、ここのいろんなギャップに惹かれてんのかも。でも解釈は新しくてもいんじゃね？　当時そのままの良さは理解できてないかもしれないけど、今、魅力をわかってればそれで」

「……」

誠は、ワタルの言葉に返す言葉がなかったが、それは今までと違って呆れてではなかった。

「初めて……」

「ん？」

「初めて、ワタルからまともなこと聞いたなと思って」

「ハハ、何それ、どーゆー存在なの？　オレ」

ワタルが作ったアカウントの左上には、おしゃれなフォントで『看板ボーイズ』とロゴマークのアイコンができている。

「ていうか、看板ボーイズって何？」

「言うじゃん昔から、看板娘とか看板メニューとかさ。つまり推しってことでしょ」

「推し？」

「そそ。だからここは看板建築で、『推し建築』でもある」

「推し建築……」

「で、誠はまさにここの看板ボーイだなと。さっきの子たちも、これで知って実際に見たくて来たんだよ。思った通り」

確かに、写真は建物ばかりでなく誠の写真もかなりの量だ。

「いつの間に、こんなの撮ってたんだ……」

なぜ、自分がまさに看板ボーイなのかは理解できなかったが、ボーイズとなっている理由はすぐにわかった。

「ああ、ワタルと俺で、」

「そういうこと」

自ら看板だと名乗るのも、さすがワタルだ。

「この家さ、外もヤバいけど、中もすげーじゃん。中も見てもらったらいいと思うんだよ」

その言葉は、誠がずっと考えていたことにピタリとハマるパズルのようで、一人ではうまく回らなかったモーターが、急に加速した気がした。

「俺も、いろいろ考えてたんだ。同じようなこと」

誠はここ数日、考えをまとめていたノートを持ってきた。

父のノートと、自分でまとめたものをローテーブルの上に開く。

「お、じゃちょっと待ってて」

ワタルは慣れた足取りで急な階段を上がり、またすぐに降りてきた。

「はい」

そう言うと、ワタルは二階にしまってあったのか、もう一冊、父のものと同じ表紙のノートを置いた。

「これ……他にもあったの?」

「オレが歩さんに借りてたんだわ。なんか見せるタイミングわかんなくてさ」

誠は、初めて見る二冊目のノートをそっと手に取った。

まだ見たことのない日本各地の看板建築のメモ、それから、この家についても父のタッチで外観の細かいイラストや、デザインが描かれていた。

誠は、三冊をローテーブルの上に並べると、自分の展望を話し出した。

「民泊とか、できないかなと思って」

「それヤバくない? ここに泊ってみたいよ、フツーに」

「今までいろいろ行ったけど、外観とか店は見れても家の中までは入れないし、でも、きっと中もスゴイとこがいろいろあると思うんだ」

「家全体をギャラリーにして、部屋ん中まで入ってもらえるようにって思ってたけど、それいいな、ここに泊まるってこと自体をアートにしちゃう手もあるよな」

ワタルは興奮気味に熱く語った。

誠も、今までに感じたことのない沸き立つエネルギーを抱いていたが、隣の男を見て、さらに燃料が投下されたように胸が熱くなった。

「なあ、でもさ、そのうち客が増えたら、誠、ここに住めなくなるかもよ」

「いいよ。俺たちが住むことだけが大事だとは思ってない。ちゃんと残していけるなら、それでいいと思ってる」

誠は、大金を借金するにもかかわらず、二人で住むことが前提になっているワタルのビジョンが嬉しかった。

誠が何気なく発した「俺たち」に、ワタルは口角を上げる。

「じゃ、車で生活するか」

「借りればいいよ、近くで」

「金ないんだって」

珍しく、誠の方が吹き出した。ただ、以前と違い親しみがこもった笑顔だった。

「そうだ誠、ハルちゃんち、空いてるってよ」

「いいよ、申し訳ないし」

「何がだよ、喜ぶに決まってんじゃん。三人で住もーぜ」

「嫌だよ」

誠は、その返答とは対照的な表情を浮かべながら、もう一度、ワタルが持ってきた父のノートを開いた。

この場所で、さらさらと迷いのないタッチで、ノートに記していく父の姿が浮かぶ。

「じゃ、行くか」

ワタルが立ち上がった。

「どこへ？」

「どこって、ここに描いてあるとこだよ。まだまだいっぱいあんじゃん。誠休みだろ？」

「そうだけど」

「寝袋、もう一個入れといたから。たまには車中泊もいいもんだよ。続き、話そーぜ」

ワタルはそう言うと、誠からノートを受け取り、さらに机の上の二冊を手に取った。

「わかったよ」

誠が立ち上がると、いつものようにその肩にワタルが腕を絡めてくる。だが、今日はいつもと違い、誠がそれを跳ねのけることはなかった。

「車とってくるわ」

ワタルが先に出ていくと、誠は簡単な荷物だけをバックパックに入れて玄関の鍵を閉めた。我が家と向かい合う。

見慣れた光景だが、今日はいつも以上に家の前に立つのを誇らしく感じる。守れたとまではいかないが、家が笑っているような気がした。

ワタルの乗った空色のワゴン車が近づいてきた。

誠は、声にせず語りかけた。

「これから俺たちが、続きを書いていくから」

SAGARA
相良珈琲店

エピローグ『看板建築と未来の空』

五月から六月にかけて、日中が餅のようにビヨンと伸びる頃になると、誠はひっそりと心弾ませる。

もちろん、どこからともなく虫の鳴き声が響く秋の夕方は、しっとりとして自分が文豪にでもなった気分にさせるし、見える世界がまっ白になる真冬の静寂も好きなのだが、一番浮き足立つような時期というのは、この季節だった。

日に日に長くなっていく夕方から夜にかけての時間帯は、どこかおまけというか、余白をプレゼントされたような気持ちになって、その分ぎゅっと凝縮された密度の濃い夜には、知らず知らずのうちに興奮した。

今年はいつにも増して、胸の高鳴りを感じている。

祖父から受け継いだこの家で、夏を過ごせることになったからなのは言うまでもなく、誠自身も、こんなにわかりやすかったっけと思うほどに浮かれていた。

街を歩いていると、ミュージカル映画の主人公さながら、擬人化した古本や窓に「今日もご機嫌だね！」とばかりに話しかけられているような気分で、いつものすずらん通りを、口笛でも吹きそうな勢いで歩いていく。

家が近づいてくると、誠は少し離れたところから我が家を眺め、その横顔を堪能した。すると、家の前で中を覗いたり、ウロウロしている若い男性二人組が目に入った。

そのうち、家を撮影し始めたので声をかけると、その二人組がビクッと振り返る。

「撮りましょうか？」

誠がそう聞くのと、相手がカタコトの日本語で「ピクチャー、ＯＫ？」と言うのは、ほぼ同じタイミングだった。

二人とも、見た目は日本人と変わらないが、英語を話すことからすると、海外から来たようだった。

どこから来たのか、誠もそこまで得意ではない英語で尋ねると、台湾から来たと言う。

台湾から来た、誠とそんなに年の変わらなそうな若者がなぜ、この家の前で写真を撮っているのか、またしても不慣れな英語で聞く。

二人は、「フェイマス。ロングヒストリー」と笑った。

「有名……長い歴史があるから、有名ってことか」頭の中でいったん訳してみて、そうかと納得する。

そうなんだ、思わず日本語で答えると、「そう、そうです！」と応じてくれた。

誠は嬉しくなって、ここが自分の祖父の家だったと伝えた。すると、二人もパアッと笑顔になり誠も写真に加わってほしいと言う。

「何だ、そこのわちゃわちゃ」

じゃあ、誰がどうやって撮ろうかと三人で言葉通りわちゃわちゃしていると、Tシャツにサングラスの男がやってきた。

「今の、ここのオーナー」と紹介すると、その風貌のせいか、「オーウ、スゴイー！」「ワオ！」

などと反応している。

オーナーは、ノリノリでハイタッチなんかして、早速馴染んでいた。

ちょうどハルちゃんがやってきたので撮影を頼むと、年齢を感じさせない素早さで、建物全体が写るようアングルを決めた。もともと年齢不詳な彼女だが、夏から、若者向けに下宿を始めることにしたようで、ますます若々しいエネルギーに満ちている。

「はいはい、並んで。ああ、いいね。チーズ！」

ハルちゃんの掛け声に、ワタルはふはっと吹き出して「それは年相応だね」と笑ったが、誠と後の二人は、何も不思議に思わなかった。

「台湾にもあります」

カメラを受け取りながら、彼のおじいちゃんの家も、歴史ある建物なのだと教えてくれた。

「いつか来てください」「絶対行くよ」と、連絡先を交換した。

いつ、行こうか。

夏の一歩手前である今は、日が沈むまで、まだおまけのような時間がある。

空は、ブルーからサーモンピンクに染まって、この時間を贈り物にとラッピングしたようだ。

空の色は、百年前から変わっただろうか。

この家がもうすぐ迎える百年も、その先も、この空の下にあるように。

誠が家と向き合っていると、その肩にワタルが腕を絡めてきた。

重心をかけてくるので、想像以上に苛立つ重さだ。

「暑いって」

誠が抵抗しても、怯むことなく乗せ続ける。

「あんたたち、あとで天ぷら持ってくから、準備しといて」

ハルちゃんが声をかけた。

誠が半身振り返り、ワタルは片手を上げて応じながら、二人は家へと入っていった。

この物語を書くにあたって、取材に協力していただいた星野写真館の星野さんご夫妻、金田屋リヒトミューレの長谷川さんご夫妻、パリー食堂の川邉さんご夫妻、たから湯の中澤さん、すずめやの櫻井さん、石岡市役所のみなさま、藤太軒理容所の渡邉さんご夫妻、そして、『相良珈琲店』のモデルでもある神田須田町、海老原商店の海老原さんに、この場を借りて改めて御礼を申し上げます。ありがとうございました。

また、看板建築を知るきっかけとなり、常に横に置き参考とさせていただいた『看板建築図鑑』などのご著者、宮下潤也さんにもお話を伺い、大変お世話になりました。ありがとうございました。

菊地百恵

菊地百恵（きくち・ももえ）

脚本家。小泉徳宏監督主宰・モノガタリラボ所属。

NHK FMやTOKYO FMなど、多数のラジオドラマのほか、ショートフィルム、ソーシャルドラマ、漫画原作に至るまで、幅広いジャンルで脚本を担当。

2024年、初の著作となる『看板ボーイズ』を刊行。

モノガタリラボ

映画『ちはやふる』『線は僕を描く』などで知られる小泉徳宏監督が主宰する、シナリオ制作チーム。映画監督、舞台演出家、CMプランナー、アニメーターなど多彩なバックボーンをもつ24名のメンバーが所属（2024年1月現在）し、複数人で執筆にあたる「チームライティング」で映画・配信ドラマ・漫画などの脚本を創作中。

著　菊地百恵+モノガタリラボ
装画・挿絵　つちもちしんじ
装丁・本文デザイン　小川恵子（瀬戸内デザイン）
DTP制作　市岡哲司
校正・校閲　槇一八
建築監修　宮下潤也
編集担当　阿部泰樹（イマジカインフォス）

看板(かんばん)ボーイズ

2024年3月31日　第1刷発行

著者　菊地百恵(きくちももえ)

発行者　廣島順二

発行所　株式会社イマジカインフォス
〒101-0052　東京都千代田区神田小川町3-3
電話　03-6273-7850（編集）

発売元　株式会社主婦の友社
〒141-0021　東京都品川区上大崎3-1-1 目黒セントラルスクエア
電話　049-259-1236（販売）

印刷所　大日本印刷株式会社

ISBN978-4-07-454770-8